Die Fälle
der Schwester Inge

Inge Schlüter –
40 Jahre Gemeindeschwester in Eimsbüttel

Die Fälle der Schwester Inge

VIEBRANZ VERLAG

Impressum:
Herausgeber: Inge Schlüter, Hamburg
1. Auflage April 2008

by Kurt Viebranz Verlag (GmbH & Co.KG)
D – 21493 Schwarzenbek
Telefon: 04151 - 88 90 24

eMail: info@viebranz.de
www.viebranz.de

ISBN13: 978-3-921595-49-7
Titel-Grafik: Gernot Gunga
Druck: Girzig + Gottschalk, Bremen

Inhaltsverzeichnis:

Zu meiner Person

Ich wurde im Januar 1935 in Pommern geboren. Durch die Umstände des Zweiten Weltkrieges wurden meine Mutter, die drei älteren Schwestern und ich 1945 zur Flucht nach Hamburg gezwungen. Dort erlebte ich die letzten schweren Bombenangriffe als Zehnjährige. Später wurde die Familie in Wesselburen/Dithmarschen untergebracht.

Um einen Neuanfang zu starten, sind wir 1950 nach Gudow (in der Nähe von Mölln) gezogen, wo mein Vater einen Landwirtschaftsbetrieb gründete. Im Schnellverfahren musste ich lernen, hinter dem Pferdepflug erst Steine zu sammeln, später Kartoffeln mit der Hand im Akkord zu ernten und Kühe zu melken etc.

Mit 19 Jahren kam ich nach Schloss Elmau als Haustochter. Dieses liegt in Bayern in der Nähe von Garmisch und wird mir immer unvergesslich bleiben. Hier entdeckte ich meine Begeisterung für Musik und Schauspiel und nahm aktiv an vielen Veranstaltungen teil.

Doch nach einem Jahr zurück in Gudow erfolgte die Ernüchterung. Meine Eltern hatten mich im Krankenhaus Elmshorn angemeldet, um den Beruf der Krankenschwester zu erlernen. Aus damaliger Sicht gab es für mich leider keine Alternative. Nach dem

bestandenen Examen im Februar 1958 ging ich in das AK Barmbek in Hamburg. Dort war ich mehrere Jahre auf der internistischen Aufnahmestation tätig und habe sehr viel an medizinischer Technik dazugelernt.
Meine Ehe begann in Elmshorn, ich bekam eine süße Tochter Anja und arbeitete als Betriebsschwester bei der amerikanischen Firma General Foods. Diese Tätigkeit war für mich eine Herausforderung, da ich selbstständig arbeiten und organisieren durfte. Im Jahre 1968 - ein Schicksalsjahr - ging meine Ehe zu Ende und ich baute mit meiner Tochter ein neues Leben in Hamburg auf. Seit dieser Zeit bin ich bis zum heutigen Tage als Gemeindekrankenschwester in Eimsbüttel tätig. Zuerst arbeitete ich 15 Jahre für die Sozialbehörde, danach für die neu gegründete Sozialstation der AWO (Arbeiterwohlfahrt) in Eimsbüttel und bin bis heute dort stark involviert. Es gibt wohl kein Haus in Eimsbüttel, das ich in dieser Zeit nicht betreten hätte, und ich kenne dadurch in vielen Familien mehrere Generationen. Es ist eine kleine Welt, aber sie ist in gewisser Weise mein Zuhause.
Von meiner Zeit mit den vielen unterschiedlichen Menschen und meinen Erfahrungen mit ihnen möchte ich gerne erzählen.

Menschen - Begegnungen

Schülerin - Spritzenphobie

Eine neue Schülerin kam zu uns in die Sozialstation, um ihr Praktikum zu absolvieren. Ich nahm sie mit auf meine Tour zur Einarbeitung. Der erste Eindruck war: Sie hatte eine nette und freundliche Art, doch nach kürzester Zeit spürte ich zunehmende Ängste bei Verabreichung einer Injektion. Beim zweiten Patienten, der eine Injektion bekam, rastete sie aus und brüllte laut: »Tut es Ihnen sehr weh?« Ich gab ihr ein Zeichen, ruhig zu sein, um den Patienten nicht zu verunsichern. Später im Auto fragte ich sie, wo ihr Problem sei. Nach langem Zögern gab sie zu, Ängste vor dem Spritzen zu haben und dass sie sich während ihrer Ausbildungszeit erfolgreich davor drücken konnte. Nach Rücksprache mit der Krankenpflegeschule wurde sie zurückberufen, um weitere Möglichkeiten der Berufswahl auszuloten.

Vom Schornsteinfeger zum Krankenpfleger

Ein neuer Schüler kam zum Praktikum in unsere Station. Er machte auf mich einen aufmerksamen Eindruck und war sehr um die Patienten bemüht. Im ersten Beruf war er Schornsteinfeger – wie ich erfuhr. Auf meine Frage, warum er damit aufgehört hätte, hat er mir folgendes Erlebnis geschildert, das sein Leben verändern sollte: Er klingelte bei einer alten Dame in Volksdorf (alles Einzelhäuser mit Spitzdach). Sie sagte: »Junger Mann, da oben ist der Schornstein, den müssen sie fegen.« An diesem Tag war es extrem stürmisch und nass, er rutschte oben aus, fiel runter in die Tannen, die ihm das Leben retteten. Nach kurzer Zeit rappelte er sich auf und klingelte wieder an der Haustür. Die alte Dame sagte sehr nett zu ihm: »Ihr Kollege ist gerade oben.« Dieser junge Mann hatte nun mit dem Gleichgewicht Probleme. Er entschloss sich, Krankenpfleger zu werden. Sein Ziel war, später beim Krankentransport zu arbeiten. Ich wünsche ihm alles Gute für seine Zukunft.

Polizist - Passant und ich

Ich parkte in einer belebten Straße - sichtbar mit meiner »Ausnahmegenehmigung«. Nach Abschluss meines Hausbesuches kam ich zu meinem Auto zurück und hörte ein richtig lautes Streitgespräch zwischen einem Polizisten und einem Passanten (der ein Patient von mir war). Der Polizist hatte sein Buch gezückt, um mir einen Strafzettel auszustellen, während der Passant sich fürchterlich aufregte und versuchte, ihm klarzumachen, dass ich im Dienst sei. Der Polizist hatte jedoch überhaupt kein Einsehen. Nun kam ich. Ich guckte ihn an, sagte zu ihm: »Sie sehen gar nicht gut aus. Stellen Sie sich mal vor, Sie werden krank, und dann komme ich zu Ihnen in der Funktion als Gemeindeschwester und finde keinen Parkplatz. Das wäre doch gewiss nicht so schön für Sie.« Wir lächelten uns beide an, und jeder wünschte dem anderen alles Gute.

Spontane Hilfe eines Pizza-Ladens

Nach dem Winter ließ ich mir im Frühjahr meine Winterreifen von meiner Fiat-Autofirma runternehmen und die Sommerreifen wieder aufziehen. Am nächsten Tag parkte ich am Nachmittag etwa zwei Stunden vor einem Pizza-Laden, um meinen beruflichen Pflichten nachzugehen. Als ich zu meinem Wagen zurückkehrte, lief mir schon ein junger Pizzafahrer entgegen und rief laut: »Wissen Sie, was mit Ihrem Auto passiert ist?« »Nein«, sagte ich. »Vorne links ist der Reifen lautstark explodiert.« Oh, welch ein Schreck, ich wollte am Wochenende zu einem Geburtstag und musste deshalb auf die Autobahn. Schnell rief ich im Pizza-Laden den ADAC an, man antwortete mir, ich solle mich auf eine Wartezeit von einer Stunde einstellen. Nun sagte der Boss des Pizza-Ladens zu mir: »Würden Sie sich freuen, wenn wir Ihnen den Reservereifen auf Ihren Punto aufziehen? Wir können das auch.« »Würden Sie das für mich tun?«, fragte ich. »Ja.« »Dann muss ich sofort beim ADAC absagen.« Wir gingen zu viert zu meinem Auto, alles lief schnell und glatt. Nach getaner Arbeit sagte ich: »Ich spendiere jetzt Sekt aus Ihrem Sortiment. Ich bin ja so glücklich. Seit 1968 bin ich hier in Eimsbüttel Gemeindekrankenschwester, ich habe noch nie einen Reifen gewechselt, weiß auch nicht genau, wie ich das hinkriege.« Darauf der Boss des Pizza-Ladens: »Ich bin Baujahr 68 - ein gutes Jahr. Wir machen das für Sie umsonst.« Alle gaben mir zum Abschied die Hand, wünschten mir weiterhin alles Gute – »Und fahren Sie vorsichtig!«

Nächstenliebe

Eines Tages kam der Anruf eines türkischen Mannes, seine Mutter benötige einen Hausbesuch. Es gehe um die Pflegeversicherung. Ich fragte nach dem Namen und der Adresse und ließ mir die Fahrtroute erklären. Ich fuhr los, suchte alle Straßen rund um den Pferdemarkt ab. Nichts! Etwas hilflos geriet ich in Zeitdruck - schwer, wenn die eigene Devise »Pünktlichkeit« lautet. Ich hielt an einer Kreuzung an und bat einen jungen Taxifahrer um Hilfe. Er überlegte kurz: »Folgen Sie mir, ich bringe Sie dort zum Großneumarkt hin.« Ich erklärte ihm, dass ich eine Gemeindeschwester im Dienst sei und nicht gerade viel Geld bei mir hätte. Darauf seine Antwort: »Nächstenliebe, jeden Tag eine gute Tat!« Ich folgte ihm zum Großneumarkt, eigentlich ganz einfach. Er hupte noch mal kurz, winkte und fuhr um die Ecke. Solche Begegnungen sind selten. Die Familie indes freute sich auf mich, besonders ihr Hund: ein Boxer. Er wollte sofort auf meinen Schoß, was die Familie sehr erstaunte. Es ist bei Hausbesuchen sehr wichtig, alle mit einzubeziehen. Man lernt nie aus.

Der kranke Scheich

Eines Tages rief mich zu Hause ein Bankdirektor an, der mich beruflich kannte, ob ich gegen Abend in das Hotel »Vier Jahreszeiten« kommen könnte. Ein Scheich sei zurzeit geschäftlich in Hamburg, ihn plage äußerst schmerzlich das November-Wetter. Da er starke Rheuma-Beschwerden habe, müsse er eine Injektion bekommen. Das Medikament (Ampulle) hätte er dabei, ich sollte nur die Spritze und das notwendige Zubehör mitbringen. Ich bejahte, zur gegebenen Zeit zu kommen und notierte mir noch den langen Namen des Scheichs. An der Rezeption des Hotels bat ich, den Scheich über meine Ankunft zu informieren. Ich hatte mir einen feurig aussehenden Mann mit seinem Gefolge vorgestellt, doch mir kam ein grauhaariger leidender Herr im grauen Anzug entgegen. Die Ausstrahlung war schmerzgeplagt. Natürlich war ich wie immer im weißen Hosenanzug (meiner Dienstkleidung) und stellte mich als Schwester Inge vor. Wir gingen gemeinsam mit seinem Gefolge zu seiner Suite, jedoch die Herren blieben draußen. Er gab mir die wichtige Ampulle, ich zog die Spritze auf, er entkleidete sich langsam (mehr als nötig). Nachdem ich ihm die Injektion verabreicht hatte, zog er sich wieder an. Ich vernahm von ihm einen seltsamen Fiep-Ton, da öffnete sich die Badezimmertür, und seine Frau trat ein. Die Herren, sein Gefolge, kamen nun auch in die Suite. Wir unterhielten uns noch recht nett. Ich wünschte ihm alles Gute und verabschiedete mich. Einer der Herren fragte mich: »Was bekommen Sie, dass Ihre Kosten gedeckt werden?« Ich überlegte, wusste nicht so recht, was ich sagen sollte, da gab mir der Banker einen Obolus für unsere Kaffeekasse. Zufrieden verließ ich das schöne Hotel und war mit mir und der Welt im Einklang.

Eine nicht alltägliche Erfahrung

Im ersten Jahr meiner Tätigkeit in der Gemeindekrankenpflege kam es manchmal zu merkwürdigen Diskussionen. Ich hatte Abenddienst, vertrat eine Kollegin und musste zu einer alten »Dame«, die Einreibungen und Medikamente von mir bekommen sollte. Sie lebte recht einsam, war froh, wenn jemand kam und auch noch etwas mit ihr klönte. Nun rauchte sie erst mal eine Zigarette, war gerade dabei, die nächste anzuzünden, da sagte ich freundlich und ruhig zu ihr, ich müsse jetzt leider gehen, hätte noch mehr Hausbesuche zu erledigen und wollte auf keinen Fall zu spät zu Hause sein. Sie guckte mich unzufrieden von oben bis unten genau an und sagte dann mit einem nicht freundlichen Unterton: »Ach so - Malheur du caca!« Dieses verbat ich mir (ich bin auf meine Tochter sehr stolz) und ging. Die Anspruchshaltung kann manchmal maßlos sein.

Anruf auf Menorca

Eine alte resolute Dame, erst 94 Jahre alt, wird regelmäßig alle halbe Jahr wegen der Pflegeversicherung von mir besucht. Sie wird rührend von ihren beiden Söhnen betreut, verwöhnt und überall mit einbezogen. Eines Tages ruft sie mich auf meinem Handy an, ich war gerade zu einem Kultururlaub auf Menorca, stand inmitten einer interessanten Führung. Sie sagte zu mir: »Du, Schwester Inge, ich bin wieder mit dem Besuch dran, kommst Du noch heute oder morgen?« Da sie nicht besonders gut hören konnte, musste ich laut brüllen. Sofort entfernte ich mich von der Gruppe, um es ihr klarzumachen, dass ich zurzeit in Urlaub sei, ich gar nicht kommen könne. »Ach auf Majorca?« »Nein, auf Menorca; ich besuche Sie, wenn ich wieder zu Hause bin.« »Nicht vergessen, Schwester Inge.« »Sie vergesse ich bestimmt nicht« - schon gar nicht nach diesem lautstarken Gespräch. Wieder im Dienst habe ich sie sofort zu Hause besucht. Nun war die Welt wieder in Ordnung.

Mein letzter Urlaubstag

Ich stehe in einem Wasch-Center – meine Familie aus Texas ist gerade wieder abgeflogen –, um die große Menge verbrauchter Wäsche schnell zu verarbeiten.
Da ruft mich die Sozialstation auf meinem Handy an: »Schwester Inge, eine ältere Dame ist auf der Straße bös' hingefallen und von der Polizei nach Hause gebracht worden. Sie lehnt jedoch jegliche Hilfe ab. Sie hat keinen Hausarzt, lebt total isoliert, fast esoterischer Einschlag, man kann auch sagen: weltentrückt.
Bitte rufen Sie diese Dame an und machen Sie einen Hausbesuch. Nehmen Sie zum Verbandswechsel alles Nötige mit. Wir machen uns große Sorgen.« Mein erster Einspruch: »Das ist mein letzter Urlaubstag - und überhaupt ... Ok, ich kümmere mich nach Erledigung meiner Wäsche.« Nach telefonischer Anmeldung fuhr ich am Nachmittag zu der Dame hin. Sie war unglücklich auf das linke Bein gefallen, sprich: vorwiegend betroffen war das Knie. Ein vernünftiger Verband war also dringend notwendig. Bevor ich das Knie abtasten konnte, musste ich eine gute Stunde ihre ausführliche Lebenskonstellation anhören. Diese ältere Dame wurde von Stimmen häufig aufgefordert, Ausarbeitungen zu machen (die sie äußerst anstrengten). Sie war auffallend schlank - fast elend. Meine Frage: »Wovon leben Sie eigentlich?« »Von Sojamilch, Creme fraiche und nur weiße Nahrungsmittel, jedoch

muss ich vor dem Verzehr alles auspendeln. Häufig muss ich es dann vernichten.« Endlich nach geraumer Zeit kam ich zum Punkt, betastete und bewegte das Knie, gebrochen war nichts - doch Schürfwunden mussten jetzt verarztet werden. Anschließend habe ich mit großem Einfühlungsvermögen die weiteren wichtigen Abläufe der nächsten Zeit erklärt:

1. Einen Hausarzt aus näherer Umgebung zum Hausbesuch bitten.
2. Pflegeversicherung in die Wege leiten.
3. Psychiatrische Fürsorge informieren.
4. Hauspflege durch die Sozialstation vorübergehend mit einbeziehen.
5. Einen Zivi in der ersten Zeit zum Einkaufen schicken.

Im Nachhinein hat sie jeden von uns nach dem Besuch ausgependelt. Der Hausarzt schnitt schlecht dabei ab, manche Zivis ebenso. Unsere einfühlsame Hauspflegerin bestand die Prüfung, und ich durfte immer wiederkommen. Kaum zu glauben! Nach dem ersten Besuch schwirrte mir der Kopf von der Berieselung anderer Welten. Aus dem fünften Stock wieder unten angekommen, ging ich über die Straße zum Schlachter und kaufte mir ein kräftiges Steak, um wieder Bodenhaftung zu bekommen.

Eine Lehrerin mit einer besonderen Idee

Von einer jungen, netten Volksschullehrerin bekam ich zu Hause einen Anruf. »Wir haben in der Klasse beschlossen, dass wir in diesem Jahr kein Julklapp machen wollen, sondern älteren Menschen mit einem Hausbesuch eine Freude machen möchten. Wie finden Sie das?« Die Idee fand ich sehr gut. Die Schüler, alle zwischen neun und zehn Jahre alt, hatten den Wunsch, etwas Sinnvolles zu tun. Nun sagte ich zu der Lehrerin: »Ich muss mir Gedanken machen, wen ich anspreche und an welche Mitbringsel man denken sollte.« Ich sprach mit vielen älteren Patienten über diese Idee, es kam richtig gut an. Beim nächsten Telefonat mit der Lehrerin hatte ich schon eine Liste zusammengestellt mit Namen und Straße für jeweils zwei Kinder. Wichtig war nun noch: Was nimmt man mit, um Freude zu machen? Hat der Patient einen Vogel - dann dementsprechendes Futter; oder ist er Diabetiker - entsprechendes »Süßes«; oder für die Damen eine hübsche Frauenzeitschrift. Der Tag X kam, die Schüler und ebenso die älteren Herrschaften freuten sich auf das, was kommen sollte. Fazit: Die Kinder fühlten sich wohl in der entstehenden Vertrautheit, und meine liebenswerten Patienten rückten das - häufig nicht immer harmonische - Verhältnis zu den Großeltern wieder ins rechte Licht.

Eine alte Dame und die erwarteten Aufbauspritzen

Sie war total glücklich über die verordneten Aufbauspritzen vom Hausarzt, von der Tochter initiiert und an unsere Station weitergeleitet. Alles sollte besser werden. Jedoch stellten sich jedes Mal Schwierigkeiten ein, in die Wohnung zu gelangen. Das leidige Thema, »die Klingel«. Mal lag es am lauten Radio oder am lauten Fernseher, es konnte auch ein gemütliches Schlafpäuschen sein. Jedes Mal versuchte ich, sie telefonisch zu erreichen, das Problem aber war: Ihre Tochter hatte ausdrücklich darauf bestanden, nichts am Telefon zu besprechen, sondern einfach aufzulegen. Ich sagte zu ihr: »Hier ist die Gemeindeschwester Inge, ich möchte gleich vorbeikommen und Ihnen die Spritze verabreichen.« Bis zum Ende des Satzes kam ich nie, da hatte sie schon aufgelegt. So wusste ich aber, dass sie zu Hause ist, ging schnell hin und klingelte tüchtig. Keine Reaktion. Dann versuchte ich es bei den Nachbarn.

Es klappte, ein Herr ließ mich rein. Nun klingelte ich stürmisch an ihrer Wohnungstür. Endlich öffnete sie, sah mich an: »Haben Sie auch kräftig geklingelt, wer hat Ihnen denn die Tür unten geöffnet?« »Ein Herr war so nett.« »Oh wie peinlich, was denkt der nun von mir?« Ein anderes Mal, eine ähnliche Situation. Sie fragte: »Steht da unten Schwester Inge?« »Bitte gehen Sie doch erst zum Zeitungsmann gegenüber, der hat mir immer noch nicht die Bildzeitung gebracht. Das Geld bekommen Sie danach.« Ich habe also nicht alleine mit der alten Dame die Klingelprobleme. Zu zweit erträgt sich alles leichter.

Hilfe annehmen im Alter

Eine überaus reizende alte Dame steuerte tapfer auf die 94 Jahre zu, rief immer öfter den Hausmeister an, um kleine Reparaturen in der 14 Quadratmeter großen Wohnung erledigen zu lassen. In erster Linie war der Fernseher häufig verstellt. Es klappte allmählich nichts mehr. Wir wurden von jenem Herrn informiert über die zunehmenden Widrigkeiten. Ich nahm Kontakt zu ihr auf. Es dauerte etwa ein Vierteljahr, bis sie sich an uns gewöhnt hatte und ich ihr völliges Vertrauen besaß. Endlich konnte ich einiges regeln, wie zum Beispiel eine staatliche Betreuerin, das heißt finanzielle Probleme, Schriftverkehr und vieles mehr auf die richtige Bahn zu bringen. Nun kam das Problem der notwendigen regelmäßigen Verpflegung. Jetzt läuft alles perfekt. Häufig kommt sie zu uns in die Station (sie wohnt in der Nähe), setzt sich hin und sagt: »Ich habe Hunger«. Schnell macht jemand eine Dose auf, wärmt sie, dann bekommt sie das Essen wie bei Muttern. Das nächste Problem: die Garderobe. Sie hatte mal relativ sorgenfrei gelebt - alles aparte, geschmackvolle Modesachen aus ihrer Zeit. Nun ist sie erheblich dünner geworden, der Mantelstoff löst sich auf. Sie benötigt Hilfe in der Neuanschaffung. Es sollte jetzt natürlich ein neuer Sommermantel in Lang sein, den führt aber kein Laden mehr. Die heutige Mode ist wesentlich kürzer, vorwiegend Jacken. Der Modeladen für Ältere in ihrer Nähe hat noch einen Laden in Pinneberg. Ich habe mit der Besitzerin gesprochen, nach Ladenhütern im Zeitgeist von damals zu suchen. Nun warten vier Mäntel auf sie. Ich werde gemeinsam mit dieser lieben netten Person ein besonderes Modell heraussuchen. Sie ist so froh und zufrieden über unsere Betreuung, endlich schützende Schultern zu spüren, an denen sie sich anlehnen kann.

Diagnose unklar

Ich saß in der U-Bahn, mir schräg gegenüber ein etwa 30-jähriger junger Mann, der total auf seinen rechten Daumen konzentriert war, um einen stabilen Pflasterverband anzubringen. Ich guckte interessiert hin, irgendwann sprach ich ihn an: »Entschuldigen Sie bitte, ich bin Gemeindekrankenschwester und sehe, dass Ihr Verband eigentlich völlig falsch angelegt ist. Sie können den Daumen ja gar nicht mehr bewegen. Was ist denn passiert?« Er guckte mich entgeistert an, machte eine Pause und sagte langsam: »Ich habe gar nichts mit dem Finger, ich muss zu einem Vorstellungsgespräch, da habe ich mir vor Aufregung die Nagelhaut bekaut. So soll das Missgeschick ja niemand sehen.« Ich wünschte ihm weiterhin gute Fahrt und »toi toi toi«!

Schwester pflegt Bruder in ihrer Wohnung

Eine etwa 85-jährige Frau hat ihren jüngeren Bruder, den hilflosen Junggesellen, der einen Schlaganfall erlitten hatte, bei sich zu Hause aufgenommen. Sie war seit vielen Jahren Witwe, hatte keine Kinder und bemutterte nun den Bruder unwahrscheinlich. Allerdings musste er ihren Anweisungen absolut folgen, den Tag über in der Wohnküche zu verbringen und erst am Abend gemeinsam in der »guten Stube« fernzusehen. Es ging auf Muttertag zu. Nach der Grundpflege flüsterte ich ihm ins Ohr, ob er nicht aus Dankbarkeit der Schwester Blumen schenken möchte. »Ja, aber wie?« »Geben Sie mir Geld und ich gehe zum nächsten Blumenladen, suche einen hübschen Strauß aus und lasse ihn zum Muttertag nach Hause schicken.« Nach dem Tag X – ich kam morgens wieder zum Waschen –, fragte ich die Schwester: »Ich habe gehört, Sie haben einen besonders schönen Blumenstrauß geschenkt bekommen von Ihrem Bruder. Was sagen Sie nun?« »Die kann ich jetzt auch noch versorgen, als wenn ich nicht schon genug zu tun hätte!« Meine Idee fiel nicht auf fruchtbaren Boden - eigentlich schade.

Rudi - Patient - Freund

Ein sehr nettes älteres Ehepaar brauchte dringend Hilfe. Die Ehefrau verfiel immer mehr, die Lebensuhr lief langsam ab. Die Pflege wurde für den 85-jährigen Ehemann einfach zu umfangreich und schwieriger zu verkraften. Ich machte mir nun auch um ihn Sorgen, zumal er schon einen Herzinfarkt hatte. Ich nahm Kontakt zu Professor Meyer-Baumgartner vom Albertinenhaus auf, bat ihn, die Patientin bringen zu dürfen, weil der Ehemann mit der Endpflege im Hause psychisch und physisch total überfordert war. Nun konnte er die Hand seiner Frau in Ruhe halten, hatte jedoch nicht mehr die Riesenverantwortung. Viel später, als er dann alleine seine Wohnung bewohnte, kümmerte ich mich häufig um ihn. Irgendwann überredete ich ihn, mit mir ein nettes Heim auszusuchen, in dem er den täglichen Alltag nicht mehr planen musste, aber eventuell Posten der Herausforderung übernehmen konnte. Im Laufe der Zeit erzählte er mir, sein größter Wunsch wäre schon immer, einmal zu fliegen. Ich sagte spontan, dass er zu seinem Hausarzt gehen und ihm dieses Ansinnen un-

terbreiten sollte. Sein älterer und kompetenter Arzt meinte: »Wenn er diesen Wunsch noch immer hätte, sollte er ihn wahrmachen. Noch ist alles möglich.« Ich kannte durch meine Zusammenarbeit diesen Arzt recht gut; er freute sich mit ihm, wenn ich gemeinsam mit Rudi nach Berlin fliegen würde. Inzwischen waren wir gute Freunde geworden, und er war total in meine Familie integriert. So besprachen wir ausführlich, einen gemeinsamen Wochenendtrip nach Berlin zu buchen.
Nach etlichen Aufregungen über dieses Ereignis kam die Befürchtung: Klappt auch alles, sind die Tickets auch dabei, werden im Hotel auch unsere Zimmer nebeneinander sein, dass er bei Notfällen klopfen kann? Ja, es klappte alles bestens. Nach kurzem Start fragte uns die Stewardess, ob wir zufrieden seien oder Wünsche hätten. Ich sagte zu ihr: »Dieser ältere Herr fliegt zum ersten Mal mit einem Flugzeug und natürlich nur mit der Pan Am«. »Oh«, sagte die nette Stewardess, »darf ich Ihnen eine Flasche Sekt bringen?« Unser Wochenende war äußerst gelungen. Wir besichtigten die große interessante Stadt Berlin intensiv. Auf dem Rückflug habe ich die gleiche Vorstellung gemacht. Folge: Wir bekamen wieder den obligatorischen Sekt - super!
In dieser wachsenden Freundschaft ist er für uns der verlässliche Senior, ein weiteres Familienmitglied geworden. Nach einem Jahr flogen wir für eine Woche nach Wien. Das viele Laufen wurde schon beschwerlicher. Er hat später alle Ereignisse ausführlich auf Band gesprochen - und mit viel Emotion.
Nach ausführlicher Planung für Rudi, meine Freundin Sigtrud und mich sind wir zu dritt und mit Gepäck für fünf mit dem Auto nach Spanien, sprich Denia, gefahren (meine Tochter Anja und ihre Freundin kamen mit dem Flugzeug nach). Dort bekamen wir für vier Wochen das Haus seiner Nichte. Es war für uns alle ein großes, harmonisches Erlebnis - unvergesslich. Auf der Heimfahrt wurde er plötzlich wunderlich, er sah Vögel als Flugzeuge an, ich

konnte es mir überhaupt nicht erklären. Auf die Frage: »Wann hast Du zuletzt die wichtigen Medikamente eingenommen?« sagte er, »Etliche Tage schon nicht mehr. Ich fühlte mich immer so wohl.« Sofort verabreichte ich ihm die erste Dosis, nun musste er viel trinken, häufig Kleinigkeiten essen. Somit ergaben sich viele Stopps seinetwegen. Am Abend kam er wieder in die Normalität. Nun verspürte er Appetit auf ein großes gezapftes Bier. Nach einem weiteren Jahr kam der Wunsch in ihm auf: Paris ist eine Reise wert. Sein Bewegungsablauf verschlechterte sich, die Knieprobleme nahmen zu. Somit würde nur per Rollstuhl die faszinierende Stadt zu erobern sein. Er suchte einen Orthopäden auf, der riet ihm zu einer OP. Nach langer Überlegung entschloss er sich, sich im Hafenkrankenhaus operieren zu lassen. Leider war die Narkose im Nachhinein zu anstrengend für sein angeschlagenes Herz. Nach einer Woche der Verschlechterung und des intensiven Abschiednehmens schlief er ruhig und mit einem Lächeln ein. Er war ein Gentleman alter Schule und hinterließ eine große Lücke bei meiner Familie und meinen Freunden. Wir waren alle sehr traurig.

Ein T-Shirt only

Eine Wohnungsgenossenschaft bat uns um Mithilfe bei einer etwa 80-jährigen Mieterin, die durch Alkohol und »Freunde« ziemlich sicher überfordert sei. Inzwischen war auch der bürgernahe Polizist involviert, schaffte es aber nie, in die Wohnung zu kommen. Der 10 Jahre jüngere sogenannte Freund hatte schon Wohnungsverbot, da die Nachbarn sich des Öfteren in der Nacht beschwert hatten. Man bat mich: »Schwester Inge, können Sie wohl mal diese Frau im Hause aufsuchen?« Darauf ich: »Kann ich, muss mir nur mal eine Strategie überlegen.« Am besagten Tag X fuhr ich zu der Adresse, suchte den richtigen Klingelknopf und entdeckte ihn. Da kam eine ältere Frau und fragte mich: »Wen suchen Sie denn?« Ich sagte den Namen. Sie total erstaunt: »Das bin ich ja.« Ich stellte mich vor, außerdem benannte ich auch die Sozialstation. »Ich möchte mit Ihnen über anstehende Probleme sprechen, aber nicht hier im Treppenhaus, sondern in Ihrer Wohnung.« Sie nahm mich mit, öffnete die Wohnungstür, durch einen engen dunklen Flur gelangten wir in ein verräuchertes Wohnzimmer. Vom Abend oder der Nacht zuvor standen volle Aschenbecher und umgekippte Gläser auf dem Tisch. Eine Frau saß auf dem Sofa, sie stellte sie mir als Freundin vor, die sie zum Essen eingeladen hatte. Ansonsten kam gleich eine zutrauliche Katze angerannt und nahm sofort ihren Sessel in Beschlag. Daneben stand der FREUND, bekleidet mit nur einem T-Shirt. Auf meinen erstaunten Blick sagte die alte Frau zu ihm: »Zieh dir Hosen an, sieht netter aus.« Unser Gespräch fand am Anfang schleppend statt. Allmählich wurden alle lockerer, sodass ich über die Lebensweise klarer informiert wurde. Als ich gehen wollte, meinten sie: »Bleiben Sie doch noch hier.« Die Hilfsangebote unserer Station erklärte ich ausführlich und machte den Vorschlag, zu einem Gespräch zu uns zu kommen. Nun konnte ich die besorgten Stellen über das Heute informieren. Man soll ja nie aufgeben!

SOS Texas

Alle Jahre wieder kommt der Ruf: »Schwester Inge - Frau Schlüter - Omali, it's Christmas Time, wir brauchen Dich.« Ein unbedingtes Muss sind für uns die Hilfsaktionen, wie bei ELVES & MORE. Zum dritten Mal machen wir bei dieser umfangreichen Aktion mit. Ein David L. Moore, ehemaliger Football-Spieler, besonders erfolgreich mit großem Talent, hatte die Idee, arme Kinder mit Mountain-Bikes in verschiedenen Farben und Größen zu beschenken. Als erstes gründete er eine Stiftung mit ungewöhnlichem Erfolg. Er kauft einmal im Jahr zu Weihnachten an die 20.000 Fahrräder in Kartons verpackt. Mitte Dezember werden in einer Riesenhalle eine Woche lang diese Räder erst mal ausgepackt und zusammengeschraubt. Unendlich viele freiwillige Helfer und wir mussten lernen, die Reihenfolge des Schraubens einzuhalten. Danach erfolgte eine Probefahrt von den Kindern, ob alles ok ist. Bei diesem Unternehmen sind wir alle zusammen - Großmutter Inge, Tochter Anja, Enkelkinder - Josephine 12 Jahre alt, Jonathan 10 Jahre alt - ein wirklich gutes Team! Am 23. Dezember ist wieder Treffpunkt in der großen Halle, alle Helfer sind verteilt auf die verschiedenen gesponserten Busse. Ab geht es in die Peripherie zu den 6 verschiedenen Anlaufpunkten. Die gesponserten Lastzüge, gestapelt voller Fahrräder, die Polizei vorweg auf Motorrädern regelt das unkomplizierte Durchkommen zu den jeweiligen Zielen. Es bedarf einer besonders guten Organisation. Dort angekommen, stehen schon jeweils an die 2.000 Familien mit ihren Kindern und warten aufgeregt auf Happy Christmas – Santa Claus.

Alles ist durchdacht. Wir Helfer sind durch T-Shirts mit Aufdruck kenntlich gemacht. Nach dem Abladen der Mountain-Bikes, sichtbar geordnet nach Größen, geht es mit der Verteilung allmählich los. Jeder von uns Volontären bekommt eine Familie an die Hand. Zuerst muss das jeweilige Kind einen Finger in Tinte tunken. Die Schulterhöhe wird dann vermessen. Danach sucht man gemeinsam das sehnlich erwünschte Fahrrad aus. Ganz wichtig ist für alle Kinder die Farbe. Es sind enorm verschiedene Angebote. Danach führt man sie zum Ausgang. Häufig kommt es dabei zu einem Gespräch. So erfährt man recht viel über die Lebensumstände, oft ungewöhnlich und schwierig. Jedoch die leuchtenden Augen und Freudentränen berühren einen sehr. Man wünscht sich ein schönes Weihnachtsfest und winkt noch mal.

Meine Tochter berichtete von einer Mutter, die mit fünf Kindern

ankam, mehr passten in das alte Auto nicht rein. Sie war jedoch sehr unglücklich, da die weiteren vier Kinder zu Hause bleiben mussten, somit keine Möglichkeit für sie in Sicht war, aber meine Tochter versprach Abhilfe.
Jonathan war eine sehr junge Mutter mit Kind zugeordnet worden. Das kleine Mädchen konnte sich bei dem großen Angebot überhaupt nicht entscheiden; aber nun wollte auch noch die Mutter ein Rad haben, das wurde für ihn zu einem Problem. Josephine hatte eine Familie mit mehreren Jungs, der älteste war 15 Jahre alt. Sie wollten unbedingt kleinere Mountain-Bikes haben. »Das ist einfach cooler«, meinten sie begeistert.
Eine kleine mexikanische Mutter war mit ihrem Sohn, 5 ½ Jahre alt, gekommen. Ich konnte dieses Alter kaum glauben, er war noch so klein. Sie zeigte bei sich die Schulterhöhe und sagte: »So groß ist der Vater nur.« Wir kamen ins Gespräch, sie erzählte mir, dass sie noch ein Baby, 1 Monat alt, zu Hause habe. Es ist zurzeit krank, hat hohes Fieber, und das schon seit drei Tagen. Ihr Arzt, den sie schon per Telefon um Hausbesuch gebeten hatte, kam nicht. Ich sagte ihr, ich sei Krankenschwester und rate ihr dringend, wenn sie nach Hause kommt, in die nächste Klinik mit dem Baby zu fahren und es dort untersuchen zu lassen. Es ist höchste Gefahr. Sie umarmte mich, versprach dies mit traurigen Augen. Ich drückte sie an mich und wünschte von Herzen alles Gute.
Diese gemeinsame Aktion vor dem Weihnachtsfest ist wichtig für Kinder, denen es bedeutend besser geht. Das Leben läuft nicht immer so behütet.

Zusammenarbeit

Patient aus Großhansdorf - großes Chaos

Ein neuer Patient sollte von mir Insulin verabreicht bekommen. Am Tage zuvor war er aus der Klinik entlassen worden. Ich klingelte diverse Male, aber er öffnete nicht, auch hörte ich keinen Laut. Ganz in der Nähe war eine Polizeiwache, dorthin ging ich und rief in der Klinik an: »Wo ist der Patient?« Man versicherte mir, er müsse zu Hause sein, da er entlassen worden war. Mit Polizei und Feuerwehr wurde dann die Wohnungstür geöffnet. Der Patient konnte uns gar nicht hören, da die Wohnung voll war - fast bis zur Decke gestapelt (Schallschlucker). Er sammelte alte Zeitungen, die dort auch übereinander gelagert waren, und er war der Überzeugung, dass diese Hinweise von Nostradamus enthielten. Außerdem sammelte er alte Geigen, Teppiche und andere Dinge. Die Einzimmer-Wohnung war über die Stapel nur zu erklettern. Vorne am Fenster stand eine Liege - sein Bett. Diese wichtige Insulin-Injektion verabreichte ich ihm im engen Treppenhaus im Beisein der Polizei und Feuerwehr. Als ich die Spritze herauszog, stieß mich ein Helfer aus Versehen am Ellbogen an, sodass mir diese Spritze in die linke Hand sauste. In dieser vollgemüllten Wohnung war eine vernünftige Pflege überhaupt nicht möglich. Ich musste wieder eine Riesenaktion starten und wandte mich an die Behörde. Die Zusammenarbeit mit der Behörde war wie immer vorbildlich, und die Entmüllung klappte nahtlos zu unser aller Zufriedenheit.

Der Kampf um das wichtige Telefon

Eine alte, einsame bettlägerige Patientin konnte nur noch mit unserer Hilfe zu Hause bleiben. Nun benötigte sie aus meiner Sicht dringend ein Telefon am Bett. Seinerzeit war es noch erforderlich, vom Hausarzt eine Dringlichkeitsbescheinigung zu bekommen. Der alte Arzt konnte es nicht einsehen, dass die Patientin ein Telefon bekommen sollte. Seine Behauptung, »Alles was von außen kommt, ist Scheiße« (wörtlich). Ich habe mich nicht entmutigen lassen, bin zu der Behörde - der Altenfürsorge - gegangen und habe die Notwendigkeit klargestellt. Siehe da - es klappte problemlos. Alles zum Wohle der alten einsamen Dame, die nun Verbindung zur Außenwelt hatte.

Projekt einer Klasse des Bismarck-Gymnasiums

Es war ein sonniger Sommertag, ich stand an meinem Auto und putzte den Vogeldreck weg. Da kamen zwei 12-jährige Schüler, die einen Fragebogen in der Hand hielten, zu mir und fragten: »Entschuldigen Sie bitte, machen Sie Walking?« Beide guckten sie mich nun an - ja, was sagt sie nun? »Nein«, antwortete ich, »ich spiele Tennis, mache Fitness, arbeite noch, bin 71 Jahre alt.« Wie aus einem Munde: »Wow!« Da klopfte mir der eine Junge mit der Hand auf die Schulter: »Machen Sie weiter so.« Ich konnte nur staunen und musste herzhaft lachen.

Anja und Steffi - kleine Weihnachtsengel

Meine Tochter Anja und ihre Freundin Steffi hatten zwangsläufig schon viel von meinem Beruf mitbekommen - alles interessierte sie sehr. Es ging wieder auf Weihnachten zu, ich hatte alle Vorbereitungen getroffen, viele passende Kleinigkeiten für meine lieben Patienten besorgt. Ich war nun schon 15 Jahre Gemeindeschwester bei der Behörde. Mir wurde zum Einkauf der Geschenke immer ein gewisser Etat zur Verfügung gestellt. An Heiligabend gingen die beiden zehn Jahre alten Mädchen zu Patienten, die von mir ausgesucht und informiert worden waren, um die kleine Bescherung vorzunehmen. Auf dieser Tour war ganz klar für sie ein Ritual einzuhalten.

1. klingeln - und nicht zu stürmisch
2. aufmerksame Begrüßung
3. Zeremonie - auspacken, auf dem Tisch mit der Weihnachtsserviette dekorieren - darauf die von mir geschriebene Karte und das Geschenk ausbreiten
4. ein Weihnachtslied gemeinsam singen
5. viele Fragen stellen (wer fragt schon einen älteren Menschen nach seinem Leben) - laut und deutlich sprechen

Es war immer eine große Freude bei den lieben einsamen Kranken, aber auch eine schöne Erfahrung für die beiden. Sie haben diese Eindrücke nie vergessen; heute sind sie selber gestandene Mütter.

Kalender - Bundesanstalt für Arbeit

Eines Tages bekam ich als Behördenschwester einen Anruf von meiner Vorgesetzten. Sie fragte mich, ob ich einverstanden sei, mich während des Dienstes in meiner Tracht fotografieren zu lassen. Ein bekannter Fotograf hatte den Auftrag, einen Kalender zu erstellen, zwölf verschiedene Berufe in Bild und Text erkennbar und interessant zu gestalten. Gedacht für Endklässler in Schulen, die sich über ihren eventuellen Berufswunsch anschaulich informieren können. Der Fotograf machte einen Termin mit mir zu Hause - er wollte mich sehen, ob es sich mit mir überhaupt lohne, sagte er ohne Scheu. Nach der »Besichtigung« wählte ich die passenden Patienten aus. Die Wahl fiel auf eine reizende alte Ostpreußin und Ehemann, sie sollten im Wohnzimmer sitzen und ihre Insulinspritze bekommen. Der Fotograf hatte jedoch ein Problem: Mit seinem rechten Bein war es für ihn äußerst schwierig, in den dritten Stock zu kommen. Somit musste ich alle schweren Utensilien nach oben schleppen - für mich keine große Sache. Die Zusammenarbeit hat uns letztendlich allen viel Spaß gemacht und der Kalender kam in allen Schulen des Bundesgebietes sehr gut an.

Alter Junggeselle - schwierig, aber einfallsreich

Ein alter, knöcherner Junggeselle benötigte täglich umfangreichen Verbandswechsel. Seine Wohnung war in einem gewöhnungsbedürftigen Zustand, er manchmal ebenso. Im Winter, die Wohnung war ziemlich kalt, über seinem Bett hing ein Bild mit einer nackten hübschen Frau, sagte ich zu ihm: »Ich mache mir große Sorgen.« »Um mich?« fragte er. »Nein, um jene Dame, sie wird sich eine Lungenentzündung holen.« Am nächsten Tag hing dort ein anderes Bild. Eines Tages, er hatte mal wieder seine eigentümliche und nörgelige Art, sagte ich zu ihm nach getaner Arbeit, dass ich von ihm enttäuscht und böse sei, und ging. Am nächsten Tag (ich kam immer zur gleichen Zeit und hatte einen Schlüssel), öffnete ich die Tür, da erklang recht laut von der Schallplatte »Der Gefangenenchor«. Diese Geste hat mich verblüfft und versöhnt. Das, meine ich, ist einfallsreich und gelungen.

»Nichte« aus dem Rotlichtmilieu

Ein pflegebedürftiger alter Herr - immer noch Junggeselle, darauf legte er großen Wert - wurde von unserer Sozialstation bestens betreut. Wir beschafften für ihn zur Bequemlichkeit im Hause ein Krankenbett, einen verstellbaren Sessel - der es möglich machte, für längere Zeit das Bett zu verlassen - und ebenso einen dazu passenden Tisch. Die Freude war groß. Eines Tages ging in der Station ein aufgeregter Anruf ein: »Schwester Inge, bitte kommen Sie sofort zu dem Patienten, da ihn eine Nichte »Typ Rotlichtmilieu« gerade besucht und Forderungen in puncto Bargeld deutlich macht.« Ich sauste sofort hin und hörte schon im Treppenhaus die lautstarke Unterhaltung. Als ich die Wohnung betrat, bekam jene Dame einen Riesenschreck. Sie zitterte auffallend und verschwand mit den Worten, Kuchen holen zu wollen. Vorher hatte sie noch mit der Bank des Patienten telefoniert, um klarzumachen, dass der alte Herr 1.500 Euro benötigt. Nachdem sie entfleucht war, drückte ich auf Wahlwiederholung und bekam die Bestätigung von der Bank. Es wurde sofort ein gerichtlicher Betreuer - sprich Vormund - eingeschaltet, damit es zu solchen Situationen nicht mehr kommen konnte. Der alte Herr war froh, uns als seine Beschützer zu erleben und endlich Ruhe zu haben.

Klappe und Action für eine lustige Patientin

Eine für mich unvergessliche MS-Patientin - sie war schon viele Jahre nicht mehr rausgekommen, da sie schon lange an den Rollstuhl gefesselt war. Diese reizende alte Patientin hatte trotz ihrer vielen körperlichen Probleme immer eine gute Stimmung, sie war offen für alles Neue - ob Umwelt oder Politik - einfach vielseitig interessiert. Eines Tages nun rief das Fernsehen, die Nordschau, an, die Sozialbehörde wolle sich der Öffentlichkeit darstellen, welche Bereiche sie alle abdecke. Man bat mich (die Behördenschwester), einen Ablauf der Pflegeleistung in meiner Tätigkeit vor Ort filmen zu können. Meine Patientin war sofort einverstanden. Wir machten mit dem Team einen Termin. An einem Vormittag war der große Moment da. Es wurde zum Beispiel gefilmt, wie ich die Patientin mit dem Hoyer-Lifter aus dem Bett hievte - Grundpflege - Frühstück - Medikation - et cetera. Man sagte uns während der Tätigkeit, wir sollten nicht so still sein, sicher hätten wir uns etwas zu erzählen. Nach ein paar Tagen sollte dieser für uns so besondere Beitrag gegen 18.30 Uhr gesendet werden, doch es klappte nicht. Das tüchtige Fernsehteam hatte die falschen Lampen benutzt. Also: die ganze Prozedur noch mal. Nun waren wir natürlich schlauer. Bevor alles losging, genehmigten wir uns beide ein Glas Sekt. Jetzt sagte man uns, wir sollten man nicht so fröhlich sein - es komme sonst nicht gut rüber. Es hatte uns beiden viel Spaß gemacht. Meine Tochter war damals richtig stolz auf ihre Mama.

Die Bemühungen eines bürgernahen Polizisten

Eines Tages rief mich ein sehr freundlicher bürgernaher Polizist an, der sich seit längerer Zeit bemühte, einen alten Herrn zu überzeugen, Hilfe anzunehmen. Wir vereinbarten bei diesem Herrn einen schnellen Termin und trafen uns vor Ort. Der Herr war recht aufgeregt, was sich später aber legte. Ich stellte mich einige Male vor, erklärte mit einfachen Worten unsere Sozialstation, die ihm umfangreich helfen könnte. Er hörte sich alles an, sein Gesichtsausdruck war äußerst skeptisch, ob das auch alles so stimmt. Nach langer Überlegung sagte er zu mir: »Und Sie sind von der Drückerkolonne.« Das verblüffte mich total - so lange bin ich schon in diesem Beruf, aber so angesprochen zu werden, war für mich neu.

Ein neues Standbein der AWO in Barmbek

In der Fuhlsbüttler Straße ist eine weitere Sozialstation von der AWO eröffnet worden. Man bat mich auf meinem Anrufbeantworter: »Schwester Inge, eine herzliche Einladung zur Eröffnung unserer neuen Sozialstation. Doch es wäre gut, wenn Sie Ihren weißen Diensthosenanzug anhaben könnten, unter dem Arm das Blutdruck- und Blutzuckergerät dabei wäre und Sie die interessierten Besucher ansprechen würden, um näheren Kontakt herzustellen.« Natürlich fuhr ich hin. Bei strahlender Sonne, guten Reden, super Büfett kamen nicht nur viele Mitarbeiter, sondern auch äußerst interessierte ältere Menschen. Eine ältere Frau fiel mir sofort auf, sie besuchte uns mit ihrem Deltarad. Ich nahm sie unter meine Fittiche. Beim Blutdruckmessen öffnete sich schon eine Schleuse, sie erzählte mir nicht nur über ihre körperlichen massiven Probleme, sondern danach ihr ganzes, interessantes Leben. Die positive Einstellung zur Zukunft, aber auch der zunehmenden Behinderung war bewundernswert. Ich versorgte sie mit Leckereien vom Büfett. Der gute Kontakt war hergestellt, es konnte nicht besser sein. Schnell stellte ich die für sie zuständige junge, sehr engagierte Kollegin von der Station vor. Da meinte sie: »Und Sie?« Da antwortete ich: »Eimsbüttel braucht mich, doch wenn Sie wollen, besuche ich Sie gern mal in Ihrer Häuslichkeit.« Das nennt man Kontaktpflege.

Eine besondere Pflegevisite

Der Sohn einer türkischen älteren Mutter hatte mich um eine Pflegevisite im Hause gebeten. Zum verabredeten Zeitpunkt angekommen, stellte sich ein großes Sprachproblem ein, da der Sohn nicht da war, sondern nur der 9-jährige Enkelsohn, und die Patientin selbst der deutschen Sprache nicht mächtig war. Sie lag auf dem Sofa mit extrem vielen Schmerzen, konnte mir jedoch keine konkreten Angaben machen. Der Enkelsohn wollte den Dolmetscher spielen, doch bei den wichtigen notwendigen Details für die Pflegevisite (Geburtsdatum, Krankenkasse etc.) versagte auch er kläglich. Ich überlegte, was ich noch tun könnte, um bei dieser Sprachbarriere nicht unverrichteter Dinge wieder gehen zu müssen. Nun ließ ich mir die äußerst schmerzenden Stellen zeigen und entdeckte eine frische große Narbe auf dem rechten Knie und an der Wirbelsäule. Nach gezieltem Suchen, wo diese

Operation stattgefunden haben könnte, fand ich zwischen ihren Medikamenten einen Zettel mit der Adresse der Klinik. Sofort rief ich dort an, stellte mich vor und legitimierte mich, schilderte mein Sprachproblem und fragte an, ob die benannte Person dort Patientin gewesen war. Der verständnisvolle nette Herr an der Rezeption erkannte das Problem, schaute in den Computer und gab mir die dringend notwendigen Informationen.
Nun konnte ich die vorgeschriebenen Eintragungen der Pflegevisite exakt vornehmen. Nachdem alles abgeklärt war, kam der Ehemann von einem Arztbesuch nach Hause. Von ihm erhielt ich die weiteren Informationen über den Hausarzt und den Orthopäden. Die schmerzgeplagte Patientin musste nur noch mit ihrem Namen unterschreiben; da sie nie eine Schule besucht hatte, waren die Druckbuchstaben ihres Namens gar nicht so einfach zu malen. Nun waren alle Voraussetzungen für die Pflegevisite erfüllt, auch wenn es am Anfang sehr schwierig erschien.

Einfühlsame Patientin

Meine Tochter Anja hatte in der ersten Schulklasse Anfangsprobleme mit dem flüssigen Lesen. Ich erzählte es einer sehr netten alten blinden Patientin. Die meinte nur: »Schwester Inge, ruhig Blut, schicken Sie Ihre Tochter zu mir, sie soll mir vorlesen. Ich habe Zeit, gute Nerven - glauben Sie mir, dann klappt es.« Anja fand die alte Dame ganz lieb, sie konnte gut zuhören, und es wurde von Mal zu Mal besser. Erst las sie aus dem Schulbuch vor, dann brachte sie später die angeforderten Zeitungen mit. Eines Tages meinte meine Tochter: »Ich möchte nun nicht mehr zu Frau X gehen, ich soll nur noch Bekanntschafts- oder Heiratsannoncen vorlesen - das macht mir keinen Spaß.« Dafür hatte ich Verständnis, bedankte mich bei der Patientin, aber hatte nun eine flott lesende Tochter.

Ein Fall für Schwester Inge

Eine Hausärztin rief mich an: »Schwester Inge, ich habe einen Patienten, der braucht dringend ambulante Hilfe, die wichtigen Medikamente nimmt er sonst nicht ein. Außerdem hat er schon diverse ambulante Dienste rausgeschmissen.« Ich ließ mir alles über die Problematik des Herrn erklären und die wichtigen Daten, rief ihn etwa acht- bis zehnmal an, ohne Erfolg. Er benötigte Herzmedikamente und Psychopharmaka, täglich. Nun wusste ich über die Dringlichkeit Bescheid, war besorgt und fuhr zu der angegebenen Adresse. Es öffnete mir niemand in dem Haus die Tür, trotz meines intensiven Klingelns auf allen Knöpfen. Ich gab der Hausärztin Bescheid und wandte mich sofort an die psychiatrische Fürsorge, um schnellstens einen offiziellen erforderlichen Hausbesuch zu erbitten. Dieser Hausbesuch fand unverzüglich statt und ich war froh, diesen schwierigen Fall in die richtigen Hände abgeben zu können. Alles lief prompt seinen Weg, man muss nur die richtigen Stellen ansprechen.

Die besonderen leuchtenden Augen

Eine liebenswerte Ostpreußin - sie hat die Flucht überstanden, ebenso eine unglückliche Ehe, drei Kinder großgezogen und ein besonderes Verhältnis zu ihren Kindern und Enkelkindern. Durch die Pflegeversicherung, die Pflegevisite, haben wir uns kennengelernt. Die äußerst schmerzhafte Rheumaerkrankung nimmt an Ausmaß erheblich zu, sodass umfangreiche Behinderungen die Folge sind im täglichen Ablauf des Haushaltes. Bei meinen halbjährlichen Besuchen prüfe ich gezielt neue Hilfsmöglichkeiten, um Erleichterung bei den plötzlich auftretenden Schwindelattacken zu empfehlen. Diese leidende Frau hat so etwas Positives an sich, sie strahlt einen mit ihren hellblauen Augen an und sagt zu mir: »Schwester Inge, meine Kinder und Enkelkinder wechseln sich regelmäßig ab in Hilfsaktionen, vorwiegend im Haushalt. Alle sind sooo lieb zu mir. Ich musste sogar zur Hochzeit meiner lieben Enkeltochter, obgleich es mir überhaupt nicht gut geht. Alle bestanden darauf. Oma, Du musst dabei sein. Natürlich möchte ich niemanden enttäuschen.« Das hübsche Hochzeitsfoto spricht für sich. So eine rührende Fürsorge von allen Seiten. Hier erlebt man auch mal eine heile Welt - der Zusammenhalt einer Familie.

Tragische Geschichten

Ein lebensgefährlicher Unfall im Hafen

In der Lagerei einer großen Firma im Hafen wurde ein Mann vom Gabelstapler aufgespießt. Der Bauchraum war betroffen. Nach längerem Krankenhausaufenthalt mit mehreren OPs durfte er endlich wieder nach Hause. Jeden Nachmittag bekam er die für ihn lebenswichtige Infusion angelegt. Der Patient verlor allmählich den Lebensmut, bekam starke Depressionen. Für die Familie war es gar nicht so einfach. Manchmal traf ich ihn zu Hause nicht an und musste ihn aus einer nahegelegenen portugiesischen Kneipe holen. Er hasste inzwischen die tägliche medizinische Tortur, die jetzt Zukunft sein sollte. Sein einziger Wunsch war es, noch einmal einen Heimaturlaub in Portugal zu verbringen. Von diesem Urlaub kam er nicht mehr zurück, da er dort seinem Leben ein Ende gesetzt hat. Für die Familie ein unsäglicher Schmerz.

Der Zusammenhalt einer Familie

Durch die Pflegeversicherung lernte ich eine alte kleine Chinesin kennen, die auf Pflege angewiesen war. Eine gute Betreuung durch die Familie war gesichert. Die Chinesin war gebürtige Hamburgerin, da die Eltern auf ihrer Zirkus-Tournee zu diesem Zeitpunkt gerade in Hamburg weilten. Bis zum zehnten Lebensjahr wuchs sie in Hamburg auf und sprach totales Barmbek-Basch. Danach reiste sie für eine gewisse Zeit mit den Eltern im Zirkus um die Welt, es zog sie aber immer wieder nach Hamburg. Später heiratete sie einen jungen schneidigen Hamburger und bekam einen Sohn. Heute ist die Mutter alt und gebrechlich. Der Sohn und seine Familie waren rührend um das Wohl der Mutter besorgt. Er munterte die Mutter häufig auf, sang Lieder aus Musicals und alten Schlagern, was ihre Augen stets zum Leuchten brachte. Leider ging es ihr nun bedenklich schlechter und sie benötigte eine Rundum-Pflege. Die Mutter wurde im Hause des Sohnes aufgenommen. Sie genoss noch einmal die liebevolle Betreuung und starb in den Armen des Sohnes. Ich habe mich über das Engagement aller sehr gefreut und konnte noch einige Tipps und Hilfestellungen zur Erleichterung der Pflege mit einbringen.

Feuchtfröhlicher Abend

Eine Mutter älteren Datums und ihr Sohn verbrachten einen feuchtfröhlichen Abend, der in einem totalen Besäufnis endete. Folge: ….. Prügelei, Mutter zwei Frakturen der Unterarme und starke Platzwunden. Sohn suchte das Weite. Ich wurde von Nachbarn informiert und fuhr sofort mit einer Schülerin hin. Die Frau wohnte im Erdgeschoss, die Tür war abgeschlossen. Wir kletterten über eine kleine Mauer, somit konnten wir in die offenstehende Küche gelangen. Die Frau lag wimmernd im Bett, konnte ihre Arme überhaupt nicht bewegen. Im Flur auf der Garderobenkonsole lag eine Pistole. Ich informierte sofort die Polizei. Nun lief die Maschinerie: Behörde informiert, Unfallwagen gerufen. Die Patientin kam schnellstens ins Krankenhaus. Im Leben läuft nicht immer alles so harmonisch, wie man in diesem Fall sieht.

Der Kamelritt

Für die Pflegeversicherung komme ich viel herum, der Radius wird immer größer. Somit lerne ich viele interessante Menschen und deren Schicksale kennen. Ein Ehepaar wollte nach seiner Pensionierung und der harten gemeinsamen Arbeit endlich einen besonderen Urlaub machen - nämlich nach Ägypten. Auf die vielen außergewöhnlichen Besichtigungen in einer fremden Welt freuten sie sich schon so lange. Die Pyramiden sind von Kairo circa 15 Kilometer entfernt, so sind sie mit einer Gruppe Touristen auf Kamelen dorthin geritten. Das Unglück schlug zu, der Ehemann rutschte vom Kamel und fiel direkt auf den Kopf. Er wurde sofort in das »bescheidene« Beduinen-Hospital transportiert. Die Ehefrau setzte alle Hebel in Bewegung und schaffte es innerhalb von zwei Tagen, dass der Ehemann nach Hamburg in ein Krankenhaus überführt werden konnte. Heute ist er so weit hergestellt, dass er zwar Rollstuhlfahrer geworden ist und mit einigen spürbaren Beeinträchtigungen leben muss, aber mit der enormen Hilfe der Ehefrau ist ein gemeinsames Leben im Hause möglich. »Es gibt viel zu tun, wir schaffen es schon«, ist ihre Devise. Es ist für mich schön zu erleben, wenn trotz einschneidender Ereignisse eine Ehe zusammenhält. Bewundernswert.

Pflegevisite - schnelle Reaktion

Beim Besuch eines Ehepaars zum Thema Pflegevisite hörte ich von einem Problem im Schrebergarten. Zuvor hatten wir alles Dienstliche geregelt, und nun kam von den Patienten der Satz: »Jetzt müssen wir etwas Wichtiges mit Ihnen besprechen. Im Spätherbst wird in den Schrebergärten-Kolonien Strom und Wasser abgestellt, so dass ein Verbleiben unmöglich ist. In diesem Fall jedoch hat der Sohn eines Laubenbesitzers heimlich mit seiner Freundin und ihrer vierjährigen Tochter in der Laube Unterschlupf genommen. Sie waren den ganzen Tag im Dunklen, die Fensterläden waren zu, am Abend haben sie Kerzen angebrannt. Viele der Nachbarn wussten über das Problem Bescheid, alle schauten weg. Mein Patienten-Ehepaar bat mich dringend, hier etwas zu unternehmen. Mir ging es sehr unter die Haut, zumal ich selber kleine Enkelkinder habe. Sofort rief ich von unserer Sozialstation die Jugendfürsorge im Bezirksamt an. Wer ist zuständig, an wen kann ich mich wenden? Ich bekam unmittelbar die richtige Information, eine Telefonaktion wurde losgetreten. Die Jugend-Sozialarbeiterin machte alles Unmögliche möglich. Nach eineinhalb Wochen zog die »Familie« aus dem unwürdigen Unterschlupf in eine kleine Wohnung mit Strom und Wasser und Wärme. Ich habe mich viele Male für diese zügige Zusammenarbeit herzlich bedankt. SUPER!

Alkoholiker-Vater versagt

Die Mutter musste zu einer OP ins Krankenhaus, der Vater sollte die Kinder in der Zeit zu Hause betreuen. Was tat der Vater, der dem Alkohol verfallen war? Er schloss sie einfach in der Wohnung ein. Es entstand ein Chaos, die Versorgung war total entglitten. Die Nachbarn bekamen einen Zettel durch den Türschlitz, darauf stand mit Kinderhand »HUNGER«. Ich wurde von den Nachbarn sofort informiert, stellte dieses Problem der Jugendbehörde dar. Nun kam diese Sache ins Rollen zum Wohle der Kinder. Diese traurigen Kinderaugen werde ich wohl nie vergessen.

Die Telefonzelle als Lebensvermittler

Eine junge, dynamische Frau wollte dringend in einer Telefonzelle telefonieren (vor der Handy-Zeit). In der Telefonzelle stand ein junger Inder, der erst kurz in Deutschland war. Er konnte sich nicht kurz fassen, sie nicht warten, es kam zu einem Wortgefecht. Beide bemerkten jedoch nach kurzer Zeit, dass sie sich äußerst sympatisch fanden. So begann eine große Liebe. Sie wurde schwanger, beide zogen zusammen, Heirat und Zukunft in besten Bahnen, alle glücklich. Im achten Monat stellten sich unklare Kopfschmerzen ein, Diagnose »Tumor«. Gleich nach der Geburt des entzückenden Mädchens wurde sie operiert. Es gab für sie nur noch einen Wunsch: so schnell wie möglich nach Hause. Nun kamen wir (Sozialstation) zu Hilfe, um die kranke Mutter zu pflegen und den jungen unbeholfenen Vater zu unterstützen. In alle Haushaltsbelange musste er eingewiesen werden. Gemeinsam waren wir zum Erstbesuch beim Kinderarzt. Es war für uns eine besonders schöne und interessante Zeit. Die Mutter genoss das Heranwachsen des Kindes, sie nahm nur geringe schmerzlindernde Medikamente, um jede Reaktion des quirligen kleinen Säuglings zu erleben. Leider war ihr eine längere Zeit nicht vergönnt. Sie schlief aber in der Wohnung ein. Der Vater war nun alleine mit der Tochter, und sofort sprangen die vielen verständnisvollen Nachbarinnen ein. Ich hoffe, aus dem kleinen süßen Mädchen ist eine hübsche taffe junge Frau geworden. Ich bin davon ganz fest überzeugt.

Erinnerungen

Vor vielen Jahren pflegte ich eine sehr nette, alte Dame. Der Ehemann half, wo er nur konnte. Leider verstarb sie. Er fühlte sich sehr alleine, aber gute Nachbarn fingen ihn auf. So hatte das Leben wieder für ihn einen Sinn. Nun kam der Tag, dass es ihm schlecht erging und er dringend Hilfe und Pflege von außen benötigte. Die Nachbarn riefen den nächsten ambulanten Pflegedienst an. Wie er das hörte, wollte er die Hilfe auf keinen Fall annehmen, es soll die Schwester Inge von damals kommen. An die AWO konnte er sich noch erinnern, aber die Adresse und Telefonnummer - keine Ahnung. Nach der Recherche der Nachbarn rief er bei uns an. Ich fuhr am nächsten Tag zu ihm hin, er saß zusammengesunken auf dem Sofa - elend. Wie er mich erkannte, strahlte er rührend. Ich setzte mich neben ihn auf das Sofa, seine Tränen kullerten. Er erzählte mir ausführlich alles Wichtige aus seinem Leben.
Es war ihm ein Bedürfnis, aus der Kriegszeit zu berichten, wie er

als 17-jähriger Soldat eingezogen wurde. Danach konnten wir in Ruhe alles für ihn Wichtige besprechen - nämlich die für ihn infrage kommenden Hilfsangebote. Er war so dankbar, dass ich nun da war, alles in die Wege leiten konnte, vor allen Dingen in Zusammenarbeit mit den aufmerksamen Nachbarn und dem verständnisvollen Hausarzt. Solche lieben Menschen, die einem im Laufe der Zeit ans Herz wachsen, sind eine Ausnahme.

Kranker Vater - böser Sohn

Ein Anruf bei mir zu Hause: Man machte sich Sorgen um einen alten Nachbarn. »Der Sohn versorgt ihn wohl, doch wir haben ein ungutes Gefühl. Der gebrechliche Mann ist aus dem Bett gekrochen, als sein Sohn nicht zu Hause war, hat einen Zettel durch unseren Briefkastenschlitz gesteckt: HILFE!« Vater und Sohn wohnten gemeinsam in einer Wohnung. Ich habe am nächsten Tag den Patienten aufgesucht, von jetzt an bekam er täglich von mir eine umfangreiche Grundpflege und Medikamente. Den Sohn habe ich auf seine Pflichten aufmerksam gemacht.
Ich hatte, was den Sohn anbelangt, kein unbedingtes Vertrauen, konnte es aber nicht genau benennen. Eines Tages - ich wusch gerade den Patienten - hörte ich dumpfe, undefinierbare Geräusche. Ich ging dem nach, öffnete die Wohnzimmertür, sah, dass der Sohn einen anderen Mann, der auf dem Tisch lag, mit den Fäusten verprügelte. Im Moment war ich sprachlos, sagte dann aber laut und deutlich: »Was ist hier los? AUFHÖREN!« Es wurde still. Ich ging zu dem Patienten zurück und musste mich erst mal beruhigen. Später wollte er noch einen Joghurt aus dem Kühlschrank haben. Ich ging in die Küche, öffnete die Kühlschranktür und sah zu meinem Entsetzen etliche Kilodosen Kaviar. In diesem Moment kam der Sohn, ich spürte eine dramatische Spannung, drehte mich zu ihm um, aber beide sagten wir nichts.

Nach Beendigung meiner Tätigkeit rief ich von zu Hause meine zuständige Behörde an, erzählte haargenau den erlebten Vorfall. Außerdem äußerte ich meine Bedenken oder Ängste, falls mir oder meinem Auto etwas Merkwürdiges zustoßen sollte, dann könnte es nur mit dem Sohn zusammenhängen. Ich trat weiterhin meinen Dienst bei dem Patienten an, den Sohn sah ich nicht wieder. Es war für mich eine unruhige und belastende Zeit.

Problem einer besonderen Art

Ich hörte von einem schwerkranken älteren Herrn, der mit seiner Familie ein gewaltiges Problem hatte. Nachdem ich kräftig geklingelt hatte, wurde mir sehr zaghaft die Tür etwas geöffnet, jedoch wurde ich nur unter Vorbehalt hereingelassen. Die Situation zu verstehen, ebenso richtig Fuß zu fassen, war enorm schwierig. Der alte Herr war eher ein Krankenhaus-Fall. Die Diagnose ahnte ich recht schnell, jedoch war kein Arzt informiert worden. Die beiden erwachsenen Töchter waren mit dem realen Zustand des Vaters total überfordert. Der Vater, sprich Witwer, hatte seine beiden Töchter jeweils nach dem Abitur ganz klar missbraucht. Die Ältere verkraftete es nicht und landete zeitweilig in Ochsenzoll. Die zweite Tochter bekam drei Kinder, alle nicht krankenversichert. Der Zustand der Wohnung war katastrophal. Von der Küche quer durch die Wohnung bis hin zur Liege des Vaters wurden Bananen mit der elektrischen Eisenbahn transportiert.
Zum ersten Hausbesuch – das heißt Termin der Grundpflege des Vaters – mussten alle Kinder der Schule fernbleiben. Es spielte sich so ab wie im Kino: alle sahen meiner Pflege zu. Mit dem Arzt, den ich bestellt hatte, besprach ich, dass eine gute Pflege in dieser Konstellation nicht möglich ist, und bat um eine Einweisung in das nächste Krankenhaus. Nach dem Tod des Vaters - die Behörde war natürlich längst involviert - hörte ich von weiteren Dramen: Der

älteste Sohn hatte wohl entsetzlichen Durst, trank in kurzer Zeit eine Flasche Coca-Cola aus und fiel ins Koma. Keiner ahnte etwas von seiner Diabetes. Die armen Kinder hatten in ihrem jungen Leben schon sehr viel erleben müssen - zu viel. Was hatte der Vater nur auf sich geladen. Unglaublich!

Beinahe Paternoster-Unglück

Vor circa 25 Jahren kam ich häufig mal als Gemeindekrankenschwester der Behörde zum Bezirksamt, um alle dringlichen Belange meiner Patienten mit der Altenfürsorge zu besprechen und möglichst bald auf den Weg zu bringen. An einem grauen und verregneten Wochentag – ich wollte um die Mittagszeit wieder mit dem Paternoster zu meiner Anlaufstelle – betrat ich das Bezirksamt, sah plötzlich, dass ein alter Mann sich bäuchlings auf den Boden warf; er wählte die Seite, wo der damals altmodische Paternoster herunterfuhr, sodass eine mögliche Köpfung unausweichlich sein musste. Ich erkannte sofort die entsetzliche Situation, rannte zu dem Mann und zog ihn mit aller Kraft an den Füßen zurück.

Danach fragte ich ihn: »Warum haben Sie das getan?« Sein jämmerlicher Zustand war nicht zu übersehen. Er meinte etwas später: »Ich habe heute Geburtstag, habe keine Freunde, keine Zukunft und eine schlechte Gesundheit; ich will nicht mehr.« Ich fuhr ihn nach Hause. Er wurde von nun an von uns betreut. Außerdem nahm ich Kontakt mit dem Hausarzt und der psychiatrischen Fürsorge auf. Er empfand wieder Sinn in seinem Leben - Gott sei Dank!

Mutter wartet auf Tochter

Einer älteren Patientin geht es rapide schlechter. Sie wird von der Sozialstation liebevoll betreut. Eine Medizinstudentin – sie

jobbt zurzeit bei uns – war für den Einsatz des Abenddienstes eingeteilt. Die langsam sterbende Mutter konnte keine Ruhe finden, sie wartete sehnsüchtig auf die Ankunft der Tochter aus USA.
Viele Jahre hatte es keinen Kontakt zwischen Mutter und Tochter gegeben, doch jetzt war der Zeitpunkt gekommen, Abschied nehmen zu müssen, um inneren Frieden zu finden (die Tochter war von der Sozialstation informiert worden).
Die junge Kollegin rief mich an, da sie sich total überfordert fühlte: »Bitte, Schwester Inge, kommen Sie hierher.« Ich fuhr sofort dorthin, sah eine unsagbar leidende Mutter, die nur den Wunsch hatte, ihre Tochter noch einmal zu sehen. Wir versorgten sie mit allen sich bietenden Möglichkeiten. Da ging plötzlich die Haustür auf - nun trat die ersehnte Tochter ein. Die Mutter strahlte. Die Tochter war sich der besonderen Situation total bewusst. Sie berührte liebevoll die Mutter bis zu einer vorsichtigen innigen Umarmung. Die Mutter schaute entrückt, bäumte sich auf - endlich konnte sie entspannt in den Armen der Tochter einschlafen. Für alle eine besondere Erlösung dieser außergewöhnlichen Situation.

Gemeinsamer Krankenhausbesuch

Mit dem Sohn einer lieben langjährigen Patientin, die plötzlich ins Koma fiel und mit äußerst beängstigendem Allgemeinzustand ins Krankenhaus kam, fuhr ich zu einem versprochenen Besuch. Inzwischen ist viel Zeit vergangen, alle notwendigen medizinischen Maßnahmen haben in etwa angeschlagen, sodass allmählich an eine Entlassung in die Häuslichkeit gedacht werden konnte. Über die Sozialarbeiterin des Krankenhauses müssen zuvor natürlich erst diverse wichtige Hilfsmittel-Maßnahmen besprochen und eingeleitet werden, um zu Hause eine optimale Pflege sichern zu können. Ich war sehr berührt von ihrem starken Lebenswillen und ihren positiven Plänen für die Zukunft, trotz ihrer umfassenden Behinderung. Ich gab ihr einen Prospekt von unserer Sozialstation mit Adresse und Telefonnummer, damit die sie betreuende Sozialarbeiterin mit uns Kontakt aufnehmen konnte. Sie fragte mich: »Haben Sie auch liebe, nette Kolleginnen in Ihrer Sozialstation?« Ich antwortete: »Wir haben nicht nur nette, sondern auch äußerst kompetente Kollegen.« Als ich mich verabschiedete, sah sie mich mit großen Augen an: »Bitte halten Sie immer schützend Ihre Hand über mich.« Das versprach ich ihr - aus vollem Herzen.

Komische Geschichten

Ein nackter Mann

Am Anfang meiner Tätigkeit als Gemeindekrankenschwester wurde ich in Eidelstedt eingearbeitet. Ein alter Schauspieler, der in einer betreuten Wohneinheit lebte, war mit mir verabredet. Das wöchentliche Bad stand auf dem Programm. Pünktlich stand ich vor seiner Tür und klingelte. Was ich von außen nicht hören konnte, war, dass die Klingel sich verhakte und somit als ein penetranter Dauerton in der Wohnung hörbar wurde. Der alte Herr, gerade damit beschäftigt sich auszuziehen, stürzte zur Tür und sah mich voller Entsetzen an. Da er im Adamskostüm vor mir stand, verschränkte er spontan die Hände über der nackten Brust und ließ alles andere unbedeckt. Oh je!

Die Bettvermietung

Der Postbote sprach mich an und erzählte mir von einer alten Dame, die hilflos im Sessel säße mit offenen Beinen, keinen Arzt hätte und am Ende ihrer Kräfte sei. Ich versprach also, nach dem Rechten zu sehen. Es herrschte bei dieser Dame ein ziemliches Chaos. Zuerst besorgte ich ihr einen Hausarzt, der ihr alles Nötige verordnete. Danach versuchte ich mit Hilfe unseres Zivildienstleistenden die Wohnung wieder bewohnbar zu machen. Ich organisierte einen fahrbaren Mittagstisch, Bettwäsche für ihr Bett, einen neuen Sessel, eine Stehlampe.

Diese Sachen schnorrte ich von Patienten, die mehr hatten als sie. Ganz allmählich besserte sich ihr Zustand und die Wohnung war wesentlich ansehnlicher geworden. Die Patientin blühte auf und es ergaben sich nette Gespräche. So erzählte sie auch, dass sie viele Jahre auf St. Pauli als Puffmutter tätig war. Doch ich fand sie häufig wieder in ihrem Sessel sitzend (was für die Beine nicht so gut war) anstatt liegend im Bett. Auf meine bohrenden Fragen nach dem Warum, erklärte sie mir zögerlich, dass sie das Bett an Nachbarn für Geld vermietete, wenn es dort in der Familie Streit gab. Durch meine Fürsorge hatte sie eine neue Verdienstquelle gefunden - super!

Sabbat

Ich betreute ein altes jüdisches Ehepaar, das im Krieg nach New York emigriert war, dann aber wieder nach Hamburg zurückkam. Die Ehefrau war meine Patientin und bekam dreimal wöchentlich medizinische Bäder und Einreibungen. Als ich an einem Freitagvormittag kam, war der Ehemann nicht zu Hause, sondern unterwegs, um Besorgungen zu erledigen. Ich stellte zu meinem Entsetzen fest, dass der siebenarmige Kerzenleuchter ganz ohne Beaufsichtigung im Wohnzimmer brannte. Aus Angst, es könnte ein Brand entstehen, pustete ich alle Kerzen aus - in dem Bewusstsein, eine gute Tat getan zu haben. Als der Ehemann zurückkam, war die Welt nicht mehr in Ordnung, denn durch meine Unwissenheit hatte ich ein Ritual verletzt.

Die chinesische Toilettenvase

Eine alte Patientin hatte einen längeren Krankenhausaufenthalt hinter sich und kam reichlich entkräftet nach Hause. Nach einigen Tagen rief sie in der Station an, sie benötige dringend unsere Hilfe. Als ich zu ihr kam, fragte sie mich als erstes, ob ich schweigen kann. »Ja,« antwortete ich, »selbstverständlich«. Darauf bat sie mich, die große chinesische Vase zu entleeren, die - mit einer großen alten Bibel bedeckt - in ihrem Zimmer stand. Diese Vase hatte sie während der ganzen Zeit, die sie nun zu Hause war, als Ersatztoilette benutzt. Sie war unheimlich schwer und äußerst schlecht zu leeren. Manchmal sind die Pflichten am Menschen gar nicht so leicht zu erfüllen.

Der »Teebaum«

Mit einer neuen Krankenpflege-Schülerin, die ihr Praktikum bei uns machte, ging ich in den Hinterhof eines Patienten, um ihr einen sonderbaren Baum zu zeigen, mit der Frage: »Was sehen Sie Ungewöhnliches in diesem Baum, Früchte oder Blüten?« Die Schülerin, die auf dem Lande aufgewachsen war, konnte diese Frage nicht beantworten. Der Patient von uns - ein betagter Mathematik-Professor, schon etwas hinfällig - hatte eine besondere Leidenschaft: Er trank des öfteren am Tage Rum mit Tee und feuerte die Teebeutel nach Gebrauch aus dem Fenster seiner Wohnung in der zweiten Etage. Diese Beutel verfingen sich in den vielen Ästen des Baumes im Hof. Nach dem Trocknen sahen die Beutel mit ihren Strippen und Fäden aus wie Teile des Baumes. Wer konnte dieses denn schon ahnen?

Unbefriedigende Situation

Ein alter Patient - früher von Beruf Ordnungshüter - lag als Folge eines Schlaganfalls fest im Bett. Er musste von seiner Frau mit unserer Unterstützung gepflegt werden. Nach längerer Zeit der umfangreichen Pflege fühlte sich die Ehefrau reichlich überfordert. Sie weinte und sah schlecht aus. Sie brauche dringend seelische Hilfe. Meine Kollegin (Diakonissin) fragte nach, was sie denn so bedrücken würde. Weinend umarmte sie meine Kollegin und erzählte: »Nie in meinem Leben habe ich ihn befriedigen müssen, doch jetzt erwartet er es von mir. Und - stellen Sie sich vor -

mit der Hand.« Die Diakonissin überlegte: »Sie haben vor Gott am Altar geschworen, in guten und schlechten Zeiten zu ihm zu halten. Jetzt sind die schlechten Zeiten da.« Eine Woche später vertritt eine gestandene Kollegin und Mutter unsere Diakonissin im Wochenenddienst. Es ergibt sich die gleiche Situation. Die seelisch völlig erschöpfte Ehefrau berichtete von den Wünschen ihres Mannes. Die Kollegin sagte ganz ruhig: »Kein Problem! Das ist ganz einfach zu lösen: Nehmen Sie einen nassen kalten Waschlappen zur Hand und diese vertrackte Situation ändert sich schnellstens.« Gott sei Dank!

Aufklärung

Eine alte, sehr nette Patientin im Rollstuhl, die bereits leichte Demenzerscheinungen zeigte, rief mich an einem Sonntagnachmittag zu Hause an, um mir aufgeregt zu erzählen, dass sie Männerbesuch gehabt habe. »Nun ist er weg und in meinem Bauch rumort es stark. Ich glaube, ich bekomme jetzt kleine Katzen.« Nach einem längeren einfühlsamen Gespräch konnte ich sie endlich beruhigen und ihr erklären, dass es keinen Grund zur Besorgnis gäbe.

Der Klempner im Hause - merkwürdige Reparatur

Eine reizende alte Ostpreußin lebte mit ihrer Tochter, die unter Schizophrenie litt, zusammen in einer Wohnung. Ich betreute täglich mit medizinischen Maßnahmen die alte Dame. Eines Tages, ich klingelte, die Tochter kam völlig aufgelöst zur Tür, empfing mich mit einer Wärmflasche auf dem Kopf, gehalten von einem Kopftuch, die Tülle hing über der Stirn, leise flüsterte sie mir ins Ohr: »Der Klempner ist da und repariert die Toilette. Er hat zu mir gesagt, hier müssen recht dicke Rohre verlegt werden, damit auch

tote Menschen durchpassen.« Ich habe augenblicklich die psychiatrische Fürsorge und den Amtsarzt über den Zustand der Tochter informiert.
Alles ging schnell über die Bühne, die Tochter wurde in die Psychiatrie eingewiesen, die alte Mutter war sehr aufgeregt, zumal die Tochter mit dem Beil in der Hand alles regeln wollte. Nun bekam die Mutter erst mal die ersehnte Ruhe.

Ordentliche Zahnpflege

Im Wochenenddienst muss alles etwas zügig gehen, da man immer noch Vertretungspatienten dazu versorgen muss. Ich stapfte wie immer die Treppe schnell nach oben. In der zweiten Etage schlief seelenruhig ein Obdachloser seinen Rausch aus. Ich musste über ihn hinwegsteigen, um ihn nicht zu wecken. Da sah ich, dass er wohl von zu Hause aus sehr ordentlich war, er hatte seine dritten Zähne herausgenommen und in einen Blumentopf gelegt. Später kam mir auf der Treppe ein »Spätheimkehrer« entgegen, der sich ständig wiederholend seinen eingeübten Vers aufsagte, warum er jetzt erst nach Hause kommen konnte. Fazit: Jeder hat seine kleinen Probleme.

Eifersucht

Ein altes nicht verheiratetes Pärchen lebte in einer Wohnung nett zusammen. Täglich mussten wir den alten Herrn waschen und eincremen. Allmählich begann sich bei ihr die Eifersucht zu regen. »Alles dreht sich nur um ihn.« In der Wohnung flogen etliche Wellensittiche frei herum, sie landeten meistens auf ihrem Kopf, der mit mehreren Grützbeuteln bestückt war. Silvester kam, und ich hatte viel zu tun.
Ich klingelte, sie öffnete mir die Tür, ein landender Wellensittich

musste ihr einen der Grützbeutel aufgerissen haben, jedenfalls lief ihr der Inhalt eines solchen über das Gesicht. Ich rief die Tochter an, sie möge die Mutter holen und mit ihr ins UKE fahren. Eine sofortige chirurgische Maßnahme war erforderlich. Nun war sie die Hauptperson - das neue Jahr konnte beginnen.

Öffentliche Beschuldigung

Zweimal wöchentlich besuchte ich eine liebenswerte alte Dame wegen wichtiger medizinischer Maßnahmen. Im gleichen Haus über ihr wohnte eine relativ junge, leider schizophrene Frau, die vorübergehend aus der Psychiatrie entlassen war.
Ich parkte vor dem Haus, da öffnete die junge Frau ein Fenster und brüllte zu meiner Überraschung in eine Flüstertüte: »Achtung, Achtung - da kommt eine Gemeindeschwester, die den ganzen Tag nur Auto fährt.« Ein paar Tage später parkte ich mein Auto in der Osterstraße. Die besagte Person sah mich wieder in Dienstkleidung und schrie aus voller Kehle: »Achtung, die will Gemeindeschwester sein. Dabei ist sie Patientin in Ochsenzoll. Fasst sie!« Ich rannte über die Straße in irgendeinen Laden - Hauptsache weg. Eine aufmerksame Dame, die das Ganze mit verfolgt hatte, sprach mich an: »Tun Sie sich dieses Theater nicht an. Springen Sie in ihr Auto und fahren Sie schnell weg.« Was ich auch tat. Ich fuhr danach ins Bezirksamt, um diesen Vorfall der psychiatrischen Fürsorge - sprich dem Amtsarzt - vorzutragen mit der Bitte, sich um diese Patientin zu kümmern.

Kur mit Hindernissen

Eine Patientin war zur Kur im »Schloss am Meer« in der Nähe von Kiel angemeldet. Ihre Schwägerin, in der Funktion als Betreuerin, kam mit ihr zum Bus. Die Dame erhielt kurz vorher eine Information, dass ihre Tochter zu einem Kaiserschnitt plötzlich ins Krankenhaus musste. Sie war aufgrund dieser Tatsache nicht mehr in der Lage, die Kur wahrzunehmen. Sofort erklärte sich die Schwägerin bereit, die Kur für sie anzutreten. Zu Hause beim Kofferpacken stellte sich heraus, dass sie mit einer akuten Blinddarmreizung sofort in die nächste Klinik musste. Nun wurde ich gerufen, telefonierte mit der Altenhilfe vom Bezirksamt, habe eine andere Patientin mobilisiert, die dann auch einspringen konnte und durfte. Nach dieser spektakulären Aktion war endlich die Kur gesichert - trotz all der nicht berechenbaren Hindernisse.

Verrammelte Tür

Eine alte einsame Dame sollte von meiner Schülerin und mir einen Hausbesuch bekommen. Ich versuchte, mit einem Schlüssel die Tür zu öffnen. Es ging nicht. Von innen war alles verriegelt und verrammelt. Ich hörte starkes Stöhnen und die Worte »Ich kann nicht mehr.« Ich informierte sofort die Feuerwehr und den Unfallwagen. Es wurde still hinter der Tür. Die Tür ließ sich nur mit brutaler Gewalt öffnen. »Eins - zwei - hau ruck!« Die Tür flog nach innen auf. Ich befürchtete Schreckliches, aber nein, sie war auf allen Vieren durch das Schlafzimmer bis zum Fenster gekrochen, zog sich hoch und sah die Einsatzfahrzeuge mit Blaulicht vor dem Haus stehen. Sie drehte sich langsam um, sah die vielen Menschen in ihrer Wohnung gar nicht und sagte: »Schwester Inge, guck mal, was auf der Straße los ist.«

Unverhoffter Opernbesuch

Eine temperamentvolle, intelligente, leider sehr elende Dame wurde von mir jeden Tag besucht. Eine Patientin, die sich nicht unterkriegen ließ. Eines Tages schenkte sie mir ihre Opernkarte für den heutigen Tag, sie fühlte sich zu schlecht, um selbst zu gehen. Ich war begeistert, besorgte mir für meine kleine Tochter eine nette Babysitterin und freute mich auf die Vorstellung. Am Abend machte ich mich schick angezogen auf den Weg. Ich bekam leicht einen Parkplatz. Doch endlich angekommen, sagte mir der Portier: »Sorry, die Karte ist für morgen.« Ich hatte mir das Datum auf der Karte gar nicht angesehen, blieb stur stehen - so einfach gab ich nicht auf. Vielleicht bleibt ja ein Platz frei, unmöglich ist das ja nicht. Nach längerer Wartezeit fuhr man mit mir im Personalfahrstuhl nach oben, setzte mich in eine Loge und ich durfte offensichtlich bleiben. Ich war glücklich und gerührt. Später zu Hause bekam die Babysitterin die Karte für den nächsten Tag. Eine Karte und so viel Freude.

Osterstraßen-Fest

Alle Jahre wieder findet das Osterstraßenfest statt. Sämtliche Branchen sind dort vertreten und gestalten mit - in diesem Falle auch der ambulante Bereich. Mehrere Sozialstationen sind präsent und bieten zahlreiche Hilfsangebote an, wie Blutdruckmessen. Viele gebürtige Eimsbütteler sehen diesen Tag als wichtigen Treffpunkt an - so auch zwei ältere Schulfreundinnen, die von der Peripherie mit der U-Bahn kamen. Nach kurzer Unterhaltung bat mich eine der Damen, den Blutdruck zu messen. Dieser erschien mir doch recht hoch und ich stellte die Frage: »Haben Sie Ihre Medikamente denn heute morgen schon eingenommen?« Die Antwort kam prompt: »Oh nein, ich war vor Freude hierherzukommen so aufgeregt. Ich fahre sofort zurück und nehme sie schnellstens ein.« Später standen beide Damen wieder bei mir. Nach der Kontrollmessung konnte ich sie ganz beruhigen - es war alles ok. Gegen Abend kamen zwei junge, reichlich angetrunkene Freunde vorbei. »Na, Schwester, dürfen wir noch waaas trinken?« Ich nahm ihre beiden Hände, guckte mir die Innenflächen an und sah ihnen dann ins Gesicht, als ob ich etwas vom Handlesen verstehen würde. »Es ist nur noch ein Glas möglich, sonst werden Sie krank.« Die Antwort kam zurück: »Danke - daran halten wir uns.« Na dann Prost!

Wenn die Blase ruft

Zwei Patientinnen von mir - nette aufgeschlossene Menschen, die selten außer Haus kamen - überredete ich, mit mir gemeinsam ins Hansatheater zu fahren, natürlich in meinem Auto. Der Tag kam, Karten hatte ich besorgt. Der Rollstuhl von der einen Dame passte gerade in meinen Kofferraum. Soweit war alles ok. Die guten Plätze haben wir drei genossen. Jedoch nach einer Stunde im Theater gab's Blasenprobleme. Die Toiletten im Tiefparterre waren mit dem Rollstuhl ohne Fahrstuhl nicht zu erreichen. Nach längerer Unterredung mit dem Theaterpersonal durfte ich mit ihr durch die Küche, am Schinken und am Räucherlachs vorbei, zur Personaltoilette. Ein winziger schräger Raum, ich brauchte viel Geschick und Kraft, um die Patientin zu jonglieren. Aber es klappte. Die Show konnte weitergehen. Alle waren begeistert.

Die veränderte Pulsuhr

Meine Nachbarin, eine sehr nette ältere Dame, wurde plötzlich Witwe. Ihre Kinder machten sich große Sorgen, da es so schien, dass sie in ein großes seelisches Loch fiel. Ich machte den Vorschlag, dass wir alle uns treffen sollten - nämlich Kinder, Schwiegerkinder, sie und ich -, um gemeinsam über die Möglichkeiten der Zukunft zu diskutieren. Es kam der Tag, meine Nachbarin saß wie ein Häufchen Unglück im Sessel. Ich setzte mich neben sie, nahm meine linke Hand zu ihrem Puls am rechten Handgelenk (damit sie auch das Gefühl hatte, ich stehe ihr bei) und holte aus der rechten Tasche meiner Tracht die vermeintliche Pulsuhr. Ich unterhielt mich derweil angeregt mit der Familie. Nach einiger Zeit fiel mir auf, dass alle zu meiner rechten Hand guckten. Oh je, statt der Pulsuhr hatte ich aus Versehen ein Tampon zwischen den Fingern. Ich musste mich erst mal besinnen, dann sagte ich trocken: »Da habe ich mich wohl vergriffen.« Später zu Hause bin ich nachträglich noch fast in Ohnmacht gefallen.

Zweckentfremdung

Ich wurde zu einem Patienten von besorgten Nachbarn gebeten, der in der Wohnung schwer gestürzt sein sollte. Nach langem Klingeln schlurfte er zur Tür, öffnete mir diese reichlich angetrunken. Man sagt: Alkoholisierte und Kinder haben einen Schutzengel. In diesem Fall hatte der Mann Glück; keine Brüche, nur leichte Schürfwunden waren zu verbinden. Zu meinem Erstaunen sah ich eine große Menge Bierflaschen mit Schnappdeckeln auf dem dunklen, engen langen Flur stehen. Sie standen in Reih und Glied wie Zinnsoldaten. Auf meine Frage: »Sind die alle noch voll?« kam es zu einem verzögerten »Ja. Aber ist die Flasche ausgetrunken, wird sie wieder gefüllt - mit Urin.« Na denn Prost!

94 ist doch kein Alter

Eines Tages kam eine Gymnasiastin zu uns in die Sozialstation. Sie hatten in der Schule ein Projekt, Stunden zu verschenken. Gedacht war dabei an ältere Patienten, denen man etwas vorlesen oder mit ihnen reden oder sonst auf ihre Wünsche eingehen könnte. Mir gefiel diese Idee, und ich rief spontan zwei ältere Damen an. Die erste war im hohen Alter von 94 Jahren. Ich erzählte ihr von der netten Aktion; sie hörte mir genau zu, aber sie

sagte: »So alt bin ich doch noch gar nicht. Dieses Angebot geben Sie man jemand anderem.« Daraufhin rief ich die zweite Dame, 93 Jahre alt, an. Auch ihre Reaktion fiel ähnlich aus. »Meine Söhne kümmern sich um mich. Kein Bedarf.« Vielleicht versuche ich es jetzt mit einer Jüngeren. Mir fiel spontan eine junge Frau ein, die Multiple Sklerose hatte und im Rollstuhl saß.
Ich erzählte ihr von diesem Projekt »Stunden verschenken«, sie war sofort begeistert und fragte mich gleich: »Wann kann sie denn kommen?« Jetzt war für die Schülerin und mich die Welt wieder in Ordnung.

Eine feste Vorstellung

Eine alte Dame brauchte dringend einen Arzt. Ich hatte mich davon überzeugt, dass dies nötig war. Die Gute hatte allerdings ein festes Bild im Kopf: Der Arzt, der zu ihr kommt, muss in Berlin bei Professor Sauerbruch Medizin studiert haben. Gott sei Dank konnte ich ihr helfen. Ich kannte einen Arzt, der diese Ausbildung genossen hatte. Daher rief ich ihn an und bat um einen schnellen Hausbesuch. Er kam und die Patientin ließ sich vertrauensvoll auf ihn ein. Berliner haben eben ein offenes Ohr und greifen jedes Problem praktisch an.

Eine Drogerie aus der guten alten Zeit

Eine junge Frau kam in unsere Sozialstation und sagte, sie hätte in einer uralten Drogerie ein Stück Seife gekauft. Die Besitzerin machte den Eindruck, dass die verstaubte Seife ebenso alt war wie sie. »Bitte kümmern Sie sich doch um diese alte Dame.« Ich wurde wieder gebeten, den Kontakt aufzunehmen. Es war für mich gar nicht so einfach. In meinem weißen Diensthosenanzug stellte ich mich als alte Gemeindeschwester Inge vor, damit wir auf einer Ebene miteinander sprechen konnten. Diese kleine alte Dame hatte einen Riesen-Haartuff auf dem Kopf. Um dieses zu vertuschen, hatte sie eine Art Schleife rings herum drapiert. Mir fiel sofort auf, der Tuff war ein totaler Haarfilz. Sie erklärte mir, dass Nachbarn irgendein Gas in den Laden geleitet haben, dadurch kam dieser Filz zustande. Die Dekoration im Laden und Schaufenster war wie aus der Zeit von vor 30 Jahren. Wenn ein Stück verkauft wird, sieht man es, weil da dann kein dicker Staub liegt. Sie meinte: »Ich gehe total mit der Zeit und verkaufe alles nur in Euro.« Ich bot ihr unsere Hilfe an, ein Zivi könnte ja mal die hohen Borde im Regal säubern. »Nicht nötig, kann ich alles noch selber.« Ich informierte die psychiatrische Fürsorge und bat sie, gelegentlich einen Besuch abzustatten, um sofort eine Hilfestellung bei auffallenden Problemen, die gewiss nicht in allzu weiter Ferne sein könnten, zu bieten. Der Kontakt mit der Behörde war positiv, somit hatte sie bei ihren Alltagsanforderungen eine sichere Unterstützung, sprich Hilfe.

Renovierung und das ostpreußische Gedicht

Eine recht alte, sehr positiv eingestellte, bettlägerige Patientin wohnte in einer Hinterhofwohnung. Sie war allerdings vor 40 Jahren zuletzt renoviert worden. Man sprach mich in unserer Station an, ob ich es wohl in die Hand nehmen könnte, mit den Behörden eine zügige umfangreiche Renovierung zu organisieren. Zunächst musste ich drei verschiedene Malerfirmen bitten, um Kostenvoranschläge zu erhalten. Der alten Dame habe ich mein Vorhaben erklärt, ihr die Wohnung schön machen zu wollen, aber auch die Möglichkeit erörtert, während der Renovierung in die Reha zu gehen. »Nein«, da war sie skeptisch, »ich bleibe zu Hause, auch wenn's laut und schmutzig wird.« Dafür hatte ich Verständnis. Um ihr Vertrauen zu erlangen, sangen wir beide am Tag um 14 Uhr:

»Weißt Du, wie viel Sternlein stehen«. Die weit über 90 Jahre alte Dame war total begeistert. Die Krönung für sie war dann, als ich das ostpreußische Gedicht von meiner Oma aufsagte:

Ich hatte einst 'nen netten Mops,
der war hier nicht aus dieser Gegend,
er fraß nicht Königsberger Klops'
und ging nicht aus, hat es geregnet.
Er konnt nicht dienen, er konnt nicht springen,
er konnt rein nichts, mein netter Mops.
Doch ärgert's mir vor allen Dingen,
er fraß nicht Königsberger Klops.
Ich ließ ihn hungern an drei Wochen,
da sah er wie ein Windhund aus.
Da war er nichts wie Haut und Knochen,
doch dann wird's mir zu graus.
Ich stopft ihm Klops in alle Falten,
da musst er schlucken wie noch nie.
Wahrhaftgen Gotts, um mir zu kränken,
starb er an Königsberger Klops.

Nun war das Eis gebrochen, sie glaubte fest an mich. Alles klappte großartig. Selbst die verschlissene Teppichware im Wohnzimmer, wo ihr Krankenbett steht, flog raus. Dafür kam freundliches, einfach zu pflegendes Stragula rein. In meinem Freundeskreis bat ich, Bilder und Gardinen zu spenden. Alles habe ich später mit einer Krankenpflege-Schülerin recht hübsch angebracht. Sie sagte immer nur: »Der liebe Gott hat immer ein Einsehen mit mir. Ich bin so dankbar.«

Direkter Kontakt

Wieder eine neue Patientin in den Grindelhochhäusern. Bewaffnet mit den nötigsten Utensilien besteige ich den Fahrstuhl, um nach oben in die 12. Etage zu fahren. Im vierten Stock steigt eine etwas auffällige ältere Frau ein, redet merkwürdiges Zeug vor sich hin, rückt frontal immer näher, plötzlich betatscht sie mich. Ich reagiere empört, schubse sie von mir mit der Bemerkung: »Noch einmal, und ich werde explodieren.« Sie drückt seelenruhig auf den Halteknopf und meint, sie könne es ja nicht wissen, dass ich mich so pingelig anstellen würde. Fazit: Man muss überall auf der Hut sein.

Merkwürdige Telefonate

Ein altes Ehepaar wollte gern aus der Peripherie von Hamburg zurück nach Eimsbüttel. Der liebe und verständnisvolle Sohn bemühte sich um eine Wohnung mit Fahrstuhl. Irgendwann hatte er Erfolg. Wir wurden gebeten, den älteren Herrschaften medizinische Hilfe zukommen zu lassen. Das Ehepaar war sehr verhalten, sagte mir aber nach ein paar Tagen: »Schwester Inge, hier rufen so oft irgendwelche Männer an, reden so merkwürdige Sachen, so ganz verstehe ich das nicht.« Ich rief sofort den Sohn an, informierte ihn, er solle mal nachhaken. Später nach seiner Recherche stellte sich heraus, dass die Vormieter »fröhliche, besondere junge Damen« waren! Sofort bekamen die geschockten Eltern eine neue Telefonnummer und Ruhe trat endlich ein.

Die Fußwaschung

Eine Frau von 90 Jahren, die im jugendlichen Alter in Travemünde ein »amüsantes« Leben geführt hatte, lebte nun recht und schlecht in Eimsbüttel - von Rheuma gezeichnet, die Füße kaputt und entzündet, brauchte sie täglich intensive Pflege und Verbandwechsel. Ich kniete vor ihr, wusch sorgfältig die Füße, trocknete sie vorsichtig, um dann einen umfangreichen Verband anzulegen.

Sie beobachtete mich und meinte: »Genügt Ihnen für Ihr Leben so niedere Arbeit?« Ich gab ihr zu verstehen, dass ich Krankenschwester sei und ich mich bemühe, jedem Patienten zu helfen, wo immer es nötig ist. »Es ist meine christliche Pflicht, mit dem erlernten medizinischen Wissen alles Erdenkliche in der häuslichen-ambulanten Pflege zu geben.« Sie reagierte betroffen und wurde sehr nachdenklich.

Das Problem eines alten Herrn

Ein betagter Herr, gebürtiger Ostpreuße, jung in den Krieg eingezogen, beendete mit einem Beindurchschuss diese Laufbahn. Im Alter erlitt er einen Schlaganfall. Leider ist er auch noch Witwer geworden. Die inzwischen auftretenden Depressionen machen sein Leben auch nicht leichter. Durch die Beeinträchtigung seines körperlichen Zustandes musste er die Pflegeversicherung in Anspruch nehmen, und ich mache alle halbe Jahr die Pflegevisite bei ihm zu Hause. Nachdem ich alle Kümmernisse abgefragt hatte, kam regelmäßig das größte Problem auf den Tisch: Vor zwei Jahren bekam er noch einen Leistenbruch, eine OP war unumgänglich. Somit hat man auf diesem Wege auch gleich den Blinddarm entfernt, nach seinen Aussagen den Samenstrang per Zufall durchtrennt. »Oh je, nun bin ich kein vollständiger Mann mehr, und das mit 86 Jahren - gar nicht auszudenken!« Hoffentlich stört sich keine liebenswerte Dame daran.

Wo sind meine Zähne?

Eine langjährige Patientin litt häufig unter Psychosen, wohnte alleine zu Hause, hatte außerdem noch einen Diabetes, der behandelt werden musste, das heißt morgens und abends bekam sie Insulin injiziert. Unsere Sozialstation ist umfangreich involviert mit unterschiedlichen Kräften - Krankenpflege und Hauspflege. Nun war mal wieder einiges zu regeln: Ich wurde gebeten, die 70-jährige Patientin aufzusuchen. Eine Kommunikation fand nur verlangsamt statt. Dabei stellte ich fest, dass ihre neuen Zähne nicht im Mund waren. »Wo sind denn Ihre hübschen Zähne geblieben?« »Weg.« »Seit wann denn?« »Sie sind schon ein paar Tage weg.« »Wo liegen sie denn eventuell?« »Ich glaube unterm Bett.« Ich holte mir einen Besen und ging mit ihr ins Schlafzimmer, nahm die vielen vollen Tüten erst mal vom Bett beiseite, legte mich auf den Bauch, um überhaupt unter dem sehr niedrigen Bett eine Aktion starten zu können. Vorsichtig holte ich mit dem Besen die vielen Wollmäuse heraus - und siehe da, die oberen Zähne fischte ich hervor. Diese Zahnprothese legte ich aufs Bett und wollte sie nach Beendigung der Suche nach den unteren Zähnen abduschen. Ich suchte nach einer Lampe oder Taschenlampe - nichts war aufzutreiben. Ein Anruf in der Sozialstation: »Ein Zivi soll mir eine Taschenlampe bringen«, schlug fehl - alle waren unterwegs. Plötzlich steckte sich die Patientin die oberen Zähne unabgewaschen in den Mund, zog ständig Staubflocken und Haare aus dem Mund. Bei diesem Anblick wurde mir ganz schlecht. Sie war jedoch total glücklich. So soll es sein - super Zusammenarbeit!

Wo ist mein Ring geblieben

Eine Diabetikerin, eine ältere Patientin, wurde aus dem Krankenhaus nach Hause entlassen. Im Abenddienst lernte ich sie kennen, nahm alle Informationen auf, injizierte das Insulin und sagte: »Morgen früh kommt meine Kollegin zu Ihnen.« Am nächsten Tag, das Köfferchen mit den Utensilien, die im Krankenhaus benötigt worden waren, war nun ausgepackt - es fehlte der Ring. »Bestimmt ist der Ring gestohlen worden - entweder im Krankenhaus oder von Schwester Inge gestern abend.« Die Kollegin erzählte mir diese Geschichte. Ich rief die Patientin sofort an und fragte, ob sie überall gesucht hätte, mir sei kein Ring aufgefallen. Zu meiner Kollegin sagte diese Patientin später: »Man hat schon Pferde vor der Apotheke kotzen sehen.« Daraufhin wurde ich böse und rief den Sohn an, um ein gemeinsames Gespräch bei der Mutter zu haben. Wir verabredeten uns, jedoch kam es gar nicht mehr dazu - plötzlich war der Ring wieder da. Er war ihr runtergefallen, wie sie auf der Sofakante saß, und ist etwas unter das Sofa gerollt. Nun bestand ich darauf, dass sie sich schriftlich bei mir entschuldigen müsste. Nach eineinhalb Wochen kam der Brief – sehr kleinlaut, aber sie hatte sich durchgerungen.

Der Weckerkuss

Einer lieben - lange im Rollstuhl lebenden - MS-Patientin machte ich den Vorschlag, sie an einem Nachmittag bei gutem Wetter auszufahren. Lange, fast zu lange, war sie nie mehr draußen im täglichen Geschehen. So nahm ich Kurs auf die belebte Osterstraße. Wir waren in sehr vielen Läden, sie bestaunte die Auslagen. Bei einer Tasse Kaffee bei Karstadt kam ihr die Idee, dringend einen hübschen Wecker kaufen zu müssen. Endlich fanden wir den richtigen. Am Abend, als ich sie mit dem Hoyer-Lifter wieder ins Bett brachte, war sie so glücklich, selber eine Uhr vor Ort ausgesucht zu haben. Sie küsste den Wecker mit Tränen in den Augen und stellte ihn sichtbar auf den Nachttisch - ein schöner Tag ging für sie zu Ende.

Ein liebevoller Ehemann

Eine ältere nette Patientin wurde von mir zu Hause betreut, da sie einen Schlaganfall erlitten hatte. Sie war trotz aller Behinderung positiv und dankbar, zu Hause bleiben zu können. Der Ehemann half im Rahmen seiner Möglichkeiten, den Haushalt aufrecht zu halten - recht und schlecht. Das Einkaufen wurde nun täglich zur Leidenschaft, so konnte er ausgiebig mit anderen klönen. Eines Tages – ich war wieder zur Grundpflege dort – verspätete sich der »humorvolle« Ehemann. Die Patientin wurde immer unruhiger, wir warteten gemeinsam auf den Heimkehrer. Da kam er auch schon. Auf meine Frage: »Wo waren Sie denn sooo lange?« antwortete er mir: »Schwester Inge, was denken Sie denn von mir? Können diese Augen lügen und diese Beine fremdgehen?«

Schulunterricht und seine Folgen

Ein ganz hübsches Mädchen mit einem besonderen Lächeln ist leider unter die geistig Behinderten einzuordnen. Wir lernten uns durch die Pflegeversicherung – sprich Visite alle halbe Jahr beim Hausbesuch – kennen. Inzwischen ist sie 14 Jahre alt, stark sichtbar in der Entwicklung. Die Mutter holt sie regelmäßig von der Schule ab und auf dem Nachhauseweg erledigt sie noch die notwendigen Einkäufe. So sind sie eines Tages bei Schlecker, um einiges zu ergänzen. Die Mutter ist auf der einen Seite des Ladens und die Tochter steht vor den Artikeln, die bei Monatsblutung notwendig sind. Da brüllt sie durch den ganzen Laden: »Du Mama, heute haben wir in der Schule gelernt, was man kaufen muss, wenn man die Tage bekommt.« Die Mutter ruft: »Wie?« Die Tochter »Wenn die Mädchen bluten.« »Sei still.« Doch sie hört nicht auf. Die Mutter verlässt fluchtartig den Laden mit der Tochter an der Hand. Alles ist peinlich - doch nur für die Mutter. Die Tochter hatte den Unterricht gut verstanden und umgesetzt.

Wohnungsverhältnisse

Plastikblumen beleben die Wohnung

Ein besorgter Hausarzt rief mich an: »Schwester Inge, eine alte, einsame Patientin von mir ist dabei, zu verhungern. Machen Sie bitte einen Hausbesuch.« Ich traf eine alte Frau, inzwischen Witwe, vor, die in einer totalen Plastikblumenwelt lebte. Sieben Jahre hatte sie ihren Mann zu Hause alleine gepflegt. Um ihm das Umfeld nett herzurichten, kaufte sie Plastikblumen (die werden ja nicht schlecht). Später wurden die Ausgaben dafür zu teuer. Sie passte beim Sperrmüll oder bei Umzügen auf, bis - ja - bis in der Wohnung nur noch ein Trampelpfad möglich war. Sie war inzwischen total abgemagert und ausgetrocknet. In der Küche gab es keine Kochmöglichkeit, da auch der Herd mit Blumen geschmückt war. Im Wohnzimmer war nur noch der Trampelpfad zum Tisch möglich, ansonsten waren altarähnliche Drapierungen von Blumen, Obst und Gemüse an Bambussäulen befestigt - unvergesslich. Die erste Amtshandlung war die Bestellung eines fahrbaren Mittagstisches - und dann sehen wir mal weiter.

Kleine Wohnung - viele Menschen

Ein schwerkranker Patient, gerade etwa 40 Jahre alt, ist aus dem Krankenhaus entlassen worden, benötigte nun tägliche Verbandswechsel am Hals. Ich fuhr, bestückt mit der Erstversorgung, zu der Familie hin. Mir öffnete in der Zweizimmerwohnung die Ehefrau und zwei kleine Kinder, auch etliche Verwandte waren anwesend. Im Schlafzimmer war ein Gestell gezimmert worden, das als Schlafstelle für alle reichte. Unter diesem ominösen Gestell lagen gebrauchte Windeln und Koffer. Das Fenster war geschlossen. Die operierte Wunde am Hals war noch offen und verbreitete starken Geruch. Dem Patienten ging es überhaupt nicht gut. Ich rief im kleinen Wohnzimmer, wo das Telefon sich befand, den Hausarzt an. Dabei stellte ich fest, dass um das Heizungsrohr rechts wie links etliche gebrauchte Spritzen fein säuberlich in die Tapete gestochen waren. Am Mittag des nächsten Tages hockten - bis auf den Patienten - alle um das Essen und löffelten aus der Pfanne im kleinen Flur. Alles für die Familie ganz normal. Nun rief ich wieder den Hausarzt an und bat um eine Einweisung ins Krankenhaus mit der Bemerkung: Eine offene Wunde, kleine Kinder, keine Ruhe! Mir ist es wichtig, für den Patienten zu kämpfen, sodass eine Genesung im sinnvollen Bereich möglich ist. Es klappte alles relativ schnell. So war ich für ihn voller guter Hoffnung.

Der Trampelpfad durch Antiquitäten

Ein alter elender Herr - voller Schmerzen - alleinstehend - wenig Kontakte - lebte in einer großen Altbauwohnung mit allen nicht verkauften Artikeln des aufgegebenen Antiquitätenladens. Ein Zimmer, gestapelt mit großen alten dicken Büchern bis zur Decke - ein anderes vollgestellt mit alten schweren Möbeln - weitere Antiquitäten füllten den Flur. Die Wohnung war nur seitwärts begehbar. Ich dachte sofort an die Statik des Hauses. Der alte Herr hatte keinen Hausarzt, fühlte sich von der Welt verlassen, er spielte den ganzen Tag das Radio, so hörte er wenigstens von der Außenwelt. Unsere Sozialstation wurde angesprochen, Hilfe zur Aufrechterhaltung des spärlichen Haushaltes zu leisten. Ich nahm Kontakt zu einer Hausärztin in seiner Nähe für ihn auf. Nun kam - oberflächlich gesehen - wieder Ordnung in sein Leben. Eines Tages rief er bei uns in der Sozialstation an: »Ich kann nicht mehr, die Schmerzen sind wieder so gewaltig.« Und dann legte er auf. Nun fuhr ich sofort zu ihm hin, brüllte durch den Briefkastenschlitz, da die Tür verschlossen war: »Erklären Sie mir genau, was los ist.« Und dann rief ich den Unfallwagen. Er kam ins Krankenhaus, wollte aber später nicht mehr in die verworrene Häuslichkeit zurück. Der Sozialarbeiter des Krankenhauses erklärte uns, dass er nun einen ruhigen und beschützten Lebensabend haben möchte. Der sei ihm von Herzen gegönnt.

Zwei unterschiedliche Schwestern

Ein besorgter Hausarzt rief bei uns in der Station an und bat um schnelle gute Pflege für einen schwerkranken Patienten. Er war ein reizender alter Graf. Seine Ehefrau bemühte sich äußerst umständlich, alles erdenklich Gute zu tun, war in der Pflege total überfordert. Ihre Schwester vervollständigte das Chaos, sie war zu Hilfe geeilt, um tatkräftig anzupacken. In diesem Haushalt geriet nun alles durcheinander. Sie waren froh, als ich in die Pflege und den Haushalt Ordnung zu bringen versuchte. Der alte Herr verstarb. Nach einer gewissen Zeit kam für die beiden Schwestern das nächste Ziel: die Entrümpelung für eine anschließend gute Renovierung, um ihrem gemeinsamen Leben einen neuen Sinn zu geben. Wieder ein Hilfeschrei: »Wo ist nur unser erspartes Geld, und wo sind die Papiere?« Ich fand alles nach intensivem Suchen - nämlich im Backofen. Gott sei Dank - er wurde in diesem Haushalt nie gebraucht.

Tiergeschichten

Herr Dobermann - ein Hund

Im Wochenenddienst vertritt man häufig seine Kolleginnen, die einen vorher über den jeweiligen Patienten aufklären. Diese Kollegin vergaß jedoch zu erwähnen, dass die Patientin einen großen Hund - nämlich einen Dobermann - hatte. Ich klingelte, der recht große schwarze Hund öffnete mir die Tür. Ich zog sofort meine Hand zum Guten-Tag-Sagen zurück. Eine Frauenstimme rief aus dem Hintergrund der Toilette: »Wer ist denn da?« Ich sagte: »Die Gemeindeschwester zum Verbandswechsel ist da.« Sie antwortete: »Ich komme gleich, raus können Sie sowieso nicht mehr.« Später stellte sich heraus, es war ein ganz lieber Hund, der sogar selbstständig Gassi ging, Türen öffnen konnte und sich ihr in vielen Alltagsdingen als hilfreicher Partner erwies.

Die Dame in Weiß

Eine ältere, interessant aussehende Dame (weißhaarig und immer weiß gekleidet) bekam von einem Nachbarjungen einen Hamster in Pflege während der Ferienzeit. Das kleine süße Tierchen war der Dame inzwischen ans Herz gewachsen, sodass der Wunsch entstand, sich einen eigenen Hamster anzuschaffen. Sie kaufte sich ein Pärchen und fing an zu züchten. Damit begann ein nicht aufzuhaltendes Drama. Bald wimmelten in der gesamten Wohnung Heerscharen von Hamstern. Sie durchnagten die Dielen und Steine und Gemäuer bis in das Nachbarhaus. Jetzt wurde vom Nachbarn der Kammerjäger gerufen - ein behördlicher Einsatz. Jener Herr entdeckte nicht nur die unendlich vielen kleinen Hamster, sondern eine Menge frei fliegender Vögel in allen hübschen Farben. Nun bekam diese Dame klare Auflagen bezüglich der Hamster, jegliche Züchtungen zu stoppen, ebenso bei den Wellensittichen. Sie brüteten in offenen Schubladen, flogen in alle Räume. Äußerst aufgeregt rief sie bei uns in der Station an und bat um unsere Hilfe. Am nächsten Tag besuchte ich sie. Wir tranken Tee im Wohnzimmer und saßen auf abgedeckten Stühlen. Ständig flog einer der Vögel haarscharf am Kopf vorbei. Nach längerer Zeit der intensiven Diskussion war sie einverstanden, mit unserer Hilfe diese unwürdige Situation zu meistern - nach dem Motto: Packen wir es gemeinsam an. Nachdem alles irgendwann in die richtigen Bahnen gebracht war, konnte sie wieder ruhig und zufrieden leben - auch mit den Nachbarn.

Der Lebensgefährte ist zuckerkrank

An einem Freitagnachmittag erhielten wir in der Sozialstation einen Anruf: »Mein Lebensgefährte ist zuckerkrank, benötigt täglich eine Insulinspritze.« Der Arzt hätte es ihr erklärt und gezeigt, aber sie könne es nicht und habe es nicht verstanden. Bei der Personalangabe sagte sie stockend: »Der Lebensgefährte ist ein Hund.« Die Sekretärin meinte schlecht zu hören, aber sie sagte: »Sie haben Glück, Schwester Inge hat Dienst, sie ist vom Lande und wird es schon machen.« Am Sonnabendmorgen fuhr ich in die kleine Straße, ging in den Hinterhof, dritter Stock. Ich klingelte, eine alte Frau machte mir die Tür auf, der Hund (eine Spitz-Mischung) guckte mich an und man ließ mich rein. Ich erklärte ihr ausführlich, nur für kranke Menschen zuständig zu sein und nicht für Tiere. Sie meinte: »Sind Sie Krankenschwester für Notfälle?« »Ja«. Aber somit hatte sie meinen Nerv getroffen und ich fragte sie: »Wieviel Insulin bekommt der Hund und wohin überhaupt?« Sie sagte: »Ja, das ist so: Hat er viel gepinkelt, sind es acht Einheiten - hat er wenig gepinkelt, sind es zehn Einheiten.« Ich fragte: »Wie war's denn heute? Gehen Sie überhaupt mit dem Hund runter?« »Nein, das kann ich nicht mehr. Ich bin aber so sauber, er macht immer auf den Putzlappen, der fliegt dann sofort in die Waschmaschine. Der Arzt hat in die Rippengegend hinter den Vorderbeinen das Insulin gespritzt.« Ich nahm die Spritze zur Hand, bat die Frau: »Halten Sie dem Hund die Schnauze zu, damit er mich nicht unbedingt beißt, wenn ich als Fremde bei Ihnen zu Hause ihn auch noch pieke.« Am nächsten Morgen, am Sonntagfrüh, stand neben dem gedeckten Frühstück der Hund auf dem Tisch, damit ich mich nicht bücken sollte. Meine erste Frage war: »Hat er viel oder wenig?« Sie antwortete: »Wie gestern«. Danach erklärte ich ihr, dass ich zwar Montag noch einmal wiederkommen würde, dass nun aber auf jeden Fall der Tierarzt seinen Pflichten nachkommen müsste.

Das gemeinsame Bad

Eine ehemalige Krankenschwester - leider bekam sie die Parkinsonsche Krankheit und musste früh aus dem Beruf ausscheiden – benötigte Hilfe. Sie hatte zwei Kopfoperationen über sich ergehen lassen müssen, und es ging ihr trotzdem überhaupt nicht gut. Um nicht immer allein zu sein, überredete ich sie, sich eine kleine Katze zuzulegen. Mit ihr lebte sie recht eng zusammen, machte vieles gemeinsam - so auch das Baden. Wenn diese Patientin in der Badewanne im warmen Wasser lag, sprang die süße Katze auf ihren rundlichen Bauch und schnurrte wohlig. Mensch und Tier können gemeinsam einiges genießen.

Geburtstagsfeier mit Hund

Eine einsame alte Frau (Diabetikerin) bekam jeden Morgen eine Insulininjektion und weitere Medikamente gestellt. Sie hatte eine 15 Jahre alte Schäferhündin, die einen Schlaganfall erlit-

ten hatte - die rechte Lefze war frei und es sah so aus, als ob sie mich ständig anlächelte. Der Hund freute sich, wenn ich täglich kam, denn auf dem Tisch lagen immer Katjes bereit, die ich ihm geben sollte. Also warteten alle beide auf mich. Anfang April hatte die Patientin Geburtstag; ihr Wunsch an mich war, als Kaffeebesuch am Nachmittag zu kommen, da sie sonst niemanden kannte. Sie hatte sich vom Zivi zwei Tortenstücke bringen lassen. Die Wohnung war schlecht gelüftet - nicht gerade einladend.
Da habe ich dann mit ihr und dem Hund bei recht kühlem Wetter auf dem kleinen Balkon gesessen. Das Geschirr schien lange nicht benutzt worden zu sein. Zum Abschluss, für sie ganz wichtig, gab es Eierlikör für alle. Wir bekamen den Likör aus staubigen Gläsern, der Hund seine Portion auf die Untertasse. Denn man Prost! Ich war satt bis zum nächsten Morgen.

Kein Ton - wo ist Frauchen

Eine Rheinländerin wohnte in einem Haus, in dem ich eine andere Patientin betreute. Eines Tages sprachen mich die Nachbarn an, dass sie äußerst besorgt seien, da sie seit ungefähr zwei Tagen nicht mehr gehört, noch mit ihrem kleinen Hund gesehen worden war. Kein Lebenszeichen, nicht mal der Hund bellte, wenn man klingelte. Ich war sehr besorgt, da sie mir erzählt hatte, dass sie einen Bauchdeckenbruch hatte, eine Operation unumgänglich war, sie jedoch große Ängste hatte. Nach reiflicher Überlegung rief ich die Polizei an, schilderte meine Besorgnis und die der Nachbarn. Da alles Klingeln und Klopfen nichts half, wurde die Tür polizeilich geöffnet. Es war niemand in der Wohnung, nur der total verschüchterte Hund lag hinter dem Sofa. Nach ein paar Stunden kam die Frau nach Hause und sah die Bescherung. Sie schrie aus vollem Halse auf der Straße und in den nächsten Läden: »Vorsicht vor Schwester Inge, sie lässt alle Türen der

Wohnung öffnen.« Trotzdem waren alle froh, dass sich einer dieser ungewissen Problematik annahm. Eine Nachbarin meinte zu mir: »Das nennt man Fürsorge.«

Was Nachbars Hamster alles kann

Der Anruf eines alten Mannes in der Sozialstation besagte, er benötige dringend Hilfe für seine angefressene Hacke. Vor Ort - ich hatte alles dabei zur Erstversorgung - stöhnte der Patient über seine enormen Schmerzen der entzündeten Hacke. Dieser verbitterte Mann war voller Hass über seinen Nachbarn, der über ihm wohnte. Er glaubte fest, dass dessen Hamster durch den Briefkastenschlitz zu ihm käme und seine Hacke so zugerichtet hätte. Auf die Frage, wie er dann wieder zurückkäme: »Natürlich auf gleichem Wege.« Dieses Problem schilderte ich dem Hausarzt. Dieser sagte ganz ruhig zu mir, das sei eine unendliche Geschichte. »Schauen Sie sich doch mal seine Schuhe an, dann ist für jeden Menschen alles klar ersichtlich. Hoffentlich können Sie ihn überzeugen, das passende Schuhwerk anzuschaffen.« Nach umfangreichen Pflegemaßnahmen konnte ich endlich von Erfolg sprechen und bin mit ihm zum orthopädischen Schuhmacher. Nun war die Welt für ihn wieder in Ordnung.

Wie Frauchen - so der Dackel

Eine gemütliche, runde alte Frau lebte mit ihrem ebenso runden Dackel in einem Haus im ersten Stock. Jeden Tag gingen beide Gassi, morgens und abends. Aus der Haustüre getreten, besprach sie mit ihrem Dackel: »Gehen wir heute rechts oder links?« Sie ging dann einfach los und der Dackel entschied sich häufig anders. So ging dann jeder seine eigenen Wege.
Nach der Tour ließ sie unten die Haustür und oben die Woh-

nungstür offen - ein eingespieltes Team. Nun wurde sie Diabetikerin und ich kam jeden Morgen, um ihr die wichtige Insulin-Injektion zu verabreichen. Dadurch lernte ich sie beide näher kennen – und auch ihre »Macken«. Eines Tages starb der alte Hund. Der Sohn aus Hannover hatte ihn abgeholt, um ihn präparieren zu lassen. Sie war sehr traurig. Aber irgendwann war der große Dackel wieder da, saß nicht mehr mit ihr auf dem Sofa, sondern auf dem Fernseher.

Der intensive Duft einer Schülerin

Eine reizende ältere Dame benötigte umfangreiche Verbände. Sie lebte zusammen mit einer lebhaften getigerten Katze. Meine damalige Schülerin erregte die totale Aufmerksamkeit der Katze, sie wich überhaupt nicht von ihrer Seite. Warum? Sie hatte zu Hause eine gezähmte Ratte. Das roch die Katze natürlich. Die alte Dame war total erstaunt, so kannte sie ihren schnurrenden Liebling überhaupt nicht. Die Katze kletterte an der Schülerin hoch, um sie von allen Seiten zu beschnuppern. Ja, so viel Tierliebe gibt es nicht jeden Tag zu erleben.

Bratkartoffel-Verhältnis

Eines Tages rief eine nette alte Dame an, sie brauche dringend Pflege von einer Schwester, ihre offenen Beine müssten regelmäßig verbunden werden, der Hausarzt habe alles Nötige verordnet. Ich fuhr zu dieser Patientin, die schon lange auf einen Rollstuhl angewiesen war - Rheuma. Sie wohnte nicht alleine in der Wohnung, ein Papagei - recht groß, hübsches Gefieder, jedoch sehr laut - war der Mitbewohner. Er beobachtete mich genau, was ich dort tat, und wollte beim Verbandswechsel unmittelbar dabei sein. Ich musste ihn aussperren. Er flog ständig durch die ganze Wohnung und

landete immer oben auf den Türen, die inzwischen sehr beknabbert waren - ebenso die Tapeten. Jeden Abend hat diese behinderte Dame mit großer Anstrengung dem Vogel Bratkartoffeln zubereitet - ausschließlich für ihn.
Eines Tages, es ging ihr überhaupt nicht gut, sie ahnte ihren baldigen Tod und wollte zum Wohle des Papageis alles regeln. Sie hatte ihrem Neffen die Wohnung überschrieben mit der Auflage, den Papagei gut zu betreuen und immer abends die Bratkartoffeln zuzubereiten. Leider verstarb die alte Dame bald. Ich traf Monate später den Neffen und fragte: »Wie geht es dem Papagei?« Er meinte aus seiner Sicht: »Besser.« Nun bekäme er artgerechtes Futter. Oh je!

Ausflug in die Lüneburger Heide

Ein altes kleinwüchsiges Ehepaar hatte einen Liebling - nämlich einen schielenden Siam-Kater. Dieses hübsche Tier sollte es gut haben. Darum haben sie im Wohnzimmer in der großen Schrankwand von einem Tischler ein großes Loch anbringen lassen, damit die Katze zügig von einem Raum in den anderen wechseln konnte. Der Höhepunkt der guten Taten war, eine Reise gemeinsam in die Lüneburger Heide zu unternehmen. Mit dem Bus aus Eimsbüttel zum Hauptbahnhof, danach weiter mit der Bundesbahn in die Lüneburger Heide. Dort angekommen bestiegen sie eine Kutsche, nun ging es in die blühende Natur. Die Katze saß während der Fahrt in einem Katzenkorb, sie sollte den schönen Sommer dort kennenlernen. Nach einem Stopp öffnete das Paar das Türchen, damit die Katze einen besseren Ausblick hatte, dabei riß das Tier aus. Der arme Kutscher musste nun um sein Leben laufen, um den Kater wieder einzufangen. Das hätte das Ehepaar sonst nicht überlebt. Es war ein denkwürdiger Tag für alle – unvergesslich mit Sicherheit!

Besondere Ereignisse

Round Table Nr. 41

Ich hatte eine Vision: Ich wollte gerne mit einer größeren Gruppe Patienten, die nie die Möglichkeit hatten, ihre Wohnung alleine zu verlassen, eine schöne Ausfahrt organisieren - aber wie? Wen spreche ich an, mit welcher Organisation ist so etwas kostenlos in der Freizeit am Wochenende überhaupt möglich. Ich diskutierte mit meinem Apotheker, der ein offenes Ohr hatte; er meinte, das müsse er erst mal mit seinem Club »Round Table Nr. 41, Hamburg-Sachsenwald« (ein Zusammenschluss junger Männer, deren Ziel unter anderem in der Hilfe für andere Menschen bestand) besprechen.
Es dauerte nicht lange, ich wurde zu einer anberaumten Sitzung eingeladen, um mich mit meinen Ideen und Wünschen darzustellen. Ich hatte auch schon ein Konzept im Kopf - nämlich eine Alsterdampferfahrt, bei der die Möglichkeit gegeben ist, auch mit Rollstühlen daran teilzunehmen, da das Mobiliar zur Kaffeefahrt verschiebbar ist. Alle jungen Herren vom Round Table waren begeistert. Nun musste ich einen Plan über den Ablauf erstellen. Mit meinen drei Kolleginnen besprach ich erst mal, wer von unseren gemeinsamen Patienten infrage käme. Die besuchte ich dann alle, um ihnen den Ablauf der Einladung darzustellen. An dem Tag X holte ein Herr vom Round Table mit seinem Auto jeweils zwei Patienten ab, die er drei Tage zuvor angerufen hatte. Bei dem Telefonat nannte er deutlich seinen Namen, erklärte nochmals den Ablauf und berief sich auf mich, so dass eine Vertrauensbasis zustande kam. Durch penetrante intensive Verhandlungen schaffte ich es, dass wir unsere Autos direkt am Ponton am Jungfernstieg parken durften. Diese Freude, endlich

wieder die Stadt hautnah gemeinsam zu erleben, war die Belohnung für uns alle. Mit mindestens 28 Patienten jeweils aus dem Raum Eimsbüttel entstand eine Kette von besonderen Zielen, die immer auf Umwegen in die Peripherie angefahren wurden, damit die Jahreszeiten erlebbar waren. Wir – die Herren vom Round Table und ich – besuchten jeweils davor die gemütlichen Restaurants – es war mir wichtig, dass mit Rollstühlen dort alles gemeistert werden konnte. Unsere erste Ausfahrt fand am 1.6.1977 statt, es sollten 33 weitere folgen – zuletzt am 3.12.1988 im Forsthaus Friedrichsruh zur Weihnachtsfeier. Diese gelungenen Erlebnistouren, die besonders nette aufmerksame Zusammenarbeit wurde für alle unvergesslich.

Krankenpflegeschulen-Kontakte

Der Kontakt zu den Schulschwestern in den jeweiligen Krankenpflegeschulen war recht intensiv, da wir regelmäßig deren Schüler und Schülerinnen während der Ausbildung bekamen, damit sie ihr Praktikum in der Sozialstation absolvieren konnten. Da entstand bei mir die Idee, den Schülern in den jeweiligen Krankenpflegeschulen die Gemeindekrankenpflege in Referaten nahezubringen. Ich hatte mir interessante Vorträge erarbeitet mit Fallbeispielen, Overhead und den neuesten gängigen Hilfsmitteln. Das Echo war sehr gut, ich wurde häufig zu Referaten in die verschiedenen Schulen eingeladen. Somit musste ich mich ständig auf den neuesten medizinischen Stand bringen – eine Herausforderung, aber es machte mir auch Spaß. Im Laufe der Zeit lernte ich auch verschiedene Chefärzte kennen, zu denen ich einen besonderen Kontakt aufbaute. Professor Meier-Baumgartner vom Albertinen-Haus rief mich in Abständen an und lud mich zu den verschiedensten Tagungen und Seminaren ein. Die Ansprüche, auf solch großen Symposien – wie zum Beispiel Geriatrie aus der Sicht der Pflege – ein Referat über die ambulante Pflege zu halten, war für mich eine besonders große Herausforderung. Ich war zu diesen Aufgaben, die über den Rahmen meiner normalen Tätigkeit hinausgingen, gerne bereit, da sie für mich Ansporn und medizinische Weiterentwicklung waren.

Ein eindrucksvolles Erlebnis - das fahrbare Krankenzimmer

Etliche Telefonate um einen passenden Termin hatte ich mit Schwester Annette Wyrwol von der Caritas – aber nun war der Tag gekommen. Morgens um neun Uhr stand ich im alten Hafenkrankenhaus, Haus 2 im 2. Stock. Bei einer Tasse Kaffee erklärte mir Schwester Annette umfangreich den Ablauf des heutigen Tages, zeigte mir die Krankenstuben für 16 Obdachlose. Der ganz besondere Stolz war der große Vorratsraum mit den gespendeten notwendigen Medikamenten und Verbandsmaterialien. Peinliche Sauberkeit fiel mir sofort auf. Mir wurde bewusst, mit welch großem Engagement sie sich ihren Aufgaben widmete. Sie berichtete von vielen ehrenamtlichen Helfern, etlichen Spendern für die Caritasziele, auch den unentbehrlichen Zivildienstleistenden (die unter anderem den medizinischen Bus zu den 5 Stopps routiniert fahren). An diesem Tag fuhr der Caritas-Bus mit der Zahnärztin, Frau Dr. Heimer, Schwester Annette, einem Zivi und mir die vorgeschriebene Tour ab. Von diesem gespendeten Bus war ich restlos begeistert - so praktisch durchdacht, dass man enorm viele medizinische Maßnahmen sofort bewältigen kann. Der Patientenstuhl ist äußerst variabel, ringsherum unauffällig viel Stauraum für die notwendigen Verbandsmaterialien, alles in greifbarer Nähe, sehr gepflegt und sauber.
Leider kamen zur angekündigten Zahnbehandlung nur drei Leute, jedoch umso mehr Obdachlose zum notwendigen Verbandswechsel. Oh je, offene Beine, schlecht heilende Wunden,

Hautprobleme sind vorwiegend anzutreffen. Einige zeigten uns zögernd und schamhaft ihre Wunden, dafür gab es eine Belohnung: eingeschweißte Vitamin-Lutschtabletten, die gerne angenommen wurden.
Ein besonderer Fall: Ein junger Mann lag Silvester schon im Schlafsack, da schoss ihm ein Silvesterknaller in den Rücken - Folge: schlimmste Brandverletzung beider Schulterblätter. Inzwischen ist der Heilungsprozess fortgeschritten zur Freude aller.
Die Patienten, die »Ärmsten der Armen«, sind überzeugend dankbar für die geleistete medizinische Hilfe.
In der Mönckebergstraße angekommen, Nähe Karstadt, stand auch schon unübersehbar Ordensschwester Petra (ebenfalls von der Caritas); mit ihrem vollgepackten Auto, versorgte sie die hungrigen und durstigen Seelen. Das Angebot: Kaffee mit selbst geschmierten Broten und gespendeten Wurst- und Käsebrötchen. Sie kümmerte sich intensiv um an sie herangetragene Probleme - ein guter Ansprechpartner für Hilfe und Vertrauen.
Sechs ehrenamtliche Ärzte verschiedener Fachrichtungen fahren abwechselnd die Touren des fahrbaren Behandlungszimmers mit der jeweiligen Krankenschwester oder einem Pfleger.
Eine Allgemeinmedizinerin, Frau Dr. Schmidt-Naumann, kommt einmal wöchentlich zur Visite in die Caritas-Station des Hafenkrankenhauses; sie kann den Kranken auch Überweisungen ausschreiben und ist für die Krankenhäuser und Fachärzte der Ansprechpartner. Leider halten sich die Patienten nicht immer an den Rat und die Termine der ärztlichen Anordnung.
Für mich war es ein bewegender Tag mit vielen bleibenden Eindrücken – bewundernswert diese mobile Hilfe der Caritas-Organisation.

Öffentlichkeitsarbeit in den Krankenhäusern

Die Öffentlichkeitsarbeit, die gleichzeitig auch Werbung für unsere Sozialstation sein kann, mit dem Gedanken, einen Wegweiser für junge examinierte Schüler aufzuzeigen und die Aufstiegsmöglichkeiten im ambulanten Bereich nahezubringen, ist uns ein Anliegen, um den Weg für gute Nachwuchskräfte zu sichern.
Der erste wichtige Ansprechpartner ist für mich immer noch die jeweilige Schulschwester des Krankenhauses. Sie – als Vertrauensperson der Schüler – kann ihnen Hilfestellung geben bei dem weiteren medizinischen Werdegang. Anzuraten ist, nach bestandenem Examen erst mal die erlernte Theorie in die Praxis umzusetzen und somit eine gewisse Sicherheit zu erlangen.
Danach ist die Bewerbung bei einer Sozialstation eine gute Möglichkeit, sein Wissen selbstständig zu beweisen. Bei diesen guten Gesprächen fiel mir auf, dass Krankenhäuser ihre eigenen kleinen Radiosender haben, die geleitet werden von ehrenamtlichen Helfern. Ich habe mit ihnen Kontakt aufgenommen, mich einladen lassen. So konnte ich zwischen den gespielten Musikwünschen Rede und Antwort geben. Fazit: Aufklärung: - Wie kann man mir nach meiner Entlassung draußen helfen? - An wen wende ich mich? Es gibt keine Tabus in unserer AWO-Sozialstation, alles kann und sollte man bereden, fast alles ist machbar.

Weltgesundheitstag am 7. April 2006 - Empfang im Rathaus

Im Kaisersaal wurden 250 geladene Gäste von Herrn Gesundheitsstaatsrat Dr. Dieter Wersich herzlich begrüßt und eindrucksvoll geehrt. Sämtliche medizinischen Fachbereiche wurden zuvor angesprochen, Mitarbeiter zu benennen, die zu diesem besonderen Anlass eingeladen werden sollten. Wir erfuhren viel über die Zeitgeschichte des Rathauses, über berühmte Persönlichkeiten und über die verschiedenen Tätigkeiten der geladenen Gäste. Anschließend wurden Erfrischungen in mehreren Varianten gereicht, dann begann ein lebhafter und interessanter Austausch der verschiedenen Berufsgruppen. Ich hatte zu meiner linken Seite zwei Logopädinnen, äußerst engagierte und für Vorschläge im Anmeldebereich sehr aufgeschlossene Damen. Zur rechten Seite standen zwei Krankenhausärzte der Anästhesie im AK Altona und der Unfallchirurgie des UKE. Unsere Gespräche kamen schnell auf den Punkt der Problematik: Wie löse ich diffizile Situationen zum Wohle der Patienten - zum Beispiel spontane Entlassung älterer Kranker – nichts wissend über die häuslichen Verhältnisse, wer, wie, ob Pflege, Medikation, wen informieren. Mit Herrn Staatsrat Wersich hatte ich noch die Gelegenheit, einen Small Talk zu haben. Ich nutzte den Moment, ihn darauf aufmerksam zu machen, dass er viele Berufsbereiche deutlich erwähnte, jedoch nicht den ambulanten Dienst - eigentlich schade. Es tat ihm leid, zumal er großes Interesse zeigte, wie sich dann herausstellte. Es war ein denkwürdiger Tag, und ich bedankte mich für die Fürsprache zur Einladung.

Eine unvergessliche Fahrt mit dem Mitternachtsbus

Nach einigen Recherchen lernte ich die sehr engagierte Diakonin, Frau Barbara Rieck, von der Diakonie - Bundesstraße in Eimsbüttel kennen. Sie leitete ein großes Team ehrenamtlicher Helfer. Auch für die äußerst notwendige Versorgung der Obdachlosen ist sie zuständig - nämlich dem Mitternachtsbus. Für die regelmäßigen Rundfahrten werden diverse Dinge benötigt, auf Spendenwegen auch besorgt. Der Bus wird vor Fahrtbeginn bestückt mit Jacken, Pullovern, Unterwäsche, Hosen et cetera, außerdem auch mit warmen Decken, Matten, Schlafsäcken, für die jedoch die Obdachlosen jeweils 1,50 Euro bezahlen müssen. Ansonsten bietet das weitere

Angebot heiße Getränke (3 große Wasserbehälter werden heiß gemacht und mit einem jeweiligen Hahn zur Abfüllung im Bus installiert). Sehr schnell zubereitet werden auf Wunsch Kaffee, Kakao, Brühe, viele verschiedene Tees. Um 19.30 Uhr fuhren wir vier Helfer (zwei Damen, zwei Herren) los - zuerst in die Spitaler Straße, Nähe Hauptbahnhof, zu einem Bäcker und warteten bis 20 Uhr. Nachdem der Laden offiziell geschlossen wurde, durften wir alle nicht verkauften leckeren Sachen auf die Palette packen, wie geschmierte Brötchen, aber auch trockene, außerdem Kuchen, Tortenstücke und Meterbrot. Eine noble Geste für diese Menschen, eine große Tat des Bäckers »Dat Backhus«! Nun ging die Fahrt los zur Reeperbahn. Dort warteten schon viele ausgehungerte Leute (ungefähr 30) auf uns. Die beiden Herren waren zuständig für die Backartikelverteilung, der Andrang war sehr groß. Aus der geöffneten Hintertür bewirteten wir die durstigen Seelen mit Getränken. Der Renner war Kakao, aber auch die Brühe; der Kaffee und die vielen Teesorten fanden ebenfalls guten Absatz, teilweise bis zu dreimal pro Person. Danach baten viele um Pullover oder Hosen sowie Schlafsäcke oder Decken. Die Reaktion auf unsere Tätigkeit war große Dankbarkeit, teilweise mit rührenden Worten. Leider reichte unsere Zeit nur für kurze Gespräche, dann fuhren wir weiter zu den nächsten Stopps. Die Fahrtroute ist immer die gleiche, sodass alle immer ungefähr wissen, wann wir auch zu ihnen kommen. Wir hielten auch da an, wo für mich niemand zu sehen war, doch die Kollegen gingen dann zu den Kampierenden, um die Hilfe des Mitternachtsbusses anzubieten. So fuhren wir teilweise am Hafen längs, danach nach Altona und dann mit mehreren Stopps in die Innenstadt – sogar durch die Fußgängerzone, wo sich schon etliche in den Ladeneingängen häuslich niedergelassen hatten. Mir fiel auf, wie viele sich Schuhe ausgezogen hatten oder eine Art Pyjama trugen – Ordnung muss sein! Die Kollegen suchten hier und dort die für sie Bekannten »der Platte«, um auch ihnen unsere Hilfe anzubieten, wie auch im U-Bahn-Schacht am Hauptbahnhof. Wir haben insgesamt 19 Stopps gemacht und bis zu 100 Menschen versorgt. Das Hilfsangebot ist groß und vielseitig, es wird stark angenommen. Viele der ehrenamtlichen Helfer sind schon längst Pensionäre, möchten aber gerne eine sinnvolle Arbeit weiterhin an bedürftigen Menschen leisten. Ebenso hörte ich von etlichen noch berufstätigen Helfern, die die gleiche positive Einstellung haben. Ich war gegen Mitternacht zu Hause, total begeistert über die positive Zusammenarbeit, doch es brauchte Zeit, wieder die innere Ruhe zu finden. Geben ist seliger denn Nehmen!

Die Alsterdorfer Anstalten eröffnen den 6. Seniorentag – und was für mich daraus wurde

Für unsere Sozialstation fuhr ich zu dieser Veranstaltung, um Kontakte zu erhalten und ebenso neue zu knüpfen, doch vorwiegend neue Erkenntnisse in Erfahrung zu bringen. An einem Freitagnachmittag in einer anstehenden, wohltuenden Pause lernte ich bei schönem Sonnenschein auf dem Alsterdorfer Marktplatz bei einem guten Kaffee eine nette Dame mit ihrem Hund kennen. Wir kamen ins Gespräch und merkten sehr schnell, dass wir uns viel zu sagen hatten. Sie stellte sich später vor mit dem Namen Dr. Ruth-Esther Geiger, von Beruf Journalistin, Buchautorin und Moderatorin. Ich erfuhr von ihren vielen Aktivitäten auch im Seniorenbereich. Schnell war eine Schwelle losgetreten, die wir beide in großer Vielfalt diskutierten. Sie lud mich ein, an einem Forum teilzunehmen, Thema: »Betreut wohnen, Familie stärken, ambulante Pflege«, zu dem letzteren Thema sollte ich Rede und Antwort stehen. Das ganze war für Oktober 2006 im Alten Hafenkrankenhaus geplant. Die beiden Autoren der Bücher »Umsorgt wohnen« und »Umsorgt zu Hause« veröffentlichen regelmäßig in den Stadtteilzeitungen die angesetzten Foren und deren jeweilige Themen. Aus allen Teilen von Hamburg strömen fast immer hundert interessierte Menschen zu diesen Anlässen. Zu diesem Podium am 21. Oktober 2006 waren geladen: Hauptpastor Röder von St. Michel, die beiden Initiatoren und Autoren, Herr Mertens und Herr Wendt, und ich - Schwester Inge. Frau Dr. Geiger, die sehr engagiert durchs Programm führte, unterstützt vom Zivi, der Mikrofon-Reichdienst hatte. Es ergab sich eine äußerst lebhafte Diskussion über die angegebenen Themen. Wir alle wurden stark involviert. Es prasselten viele Fragen, wie »Wenn es mir am Wochenende so schlecht geht, dass ich mich nicht mehr versorgen kann, mal von den Schmerzen ganz abgesehen, was soll ich machen?« Meine spontane Antwort: »Es ist ein Anruf erforderlich beim notärztlichen Dienst unter der Nummer 22 80 22 oder gleich den Unfallwagen 112 rufen; sinnvoll ist, sich aus der Zeitung die Auflistung »Hilfsangebote« mit sämtlichen Angeboten unserer Stadt ebenso den Telefonnummern auszuschneiden.« Ein weiterer Punkt ist die Hilflosigkeit eines Sohnes bei Unstimmigkeiten der Familie mit dem Hausarzt: Der alte Vater möchte nicht mehr zu Hause bleiben, um von der berufstätigen Familie gepflegt zu werden. Er möchte in ein Heim. Der Hausarzt jedoch ist strikt dagegen, besorgt eigenmächtig sofort einen ambulanten Dienst - was nun? Meine Empfehlung, einen anderen Arzt seines Vertrauens aufzusuchen, oder man wendet sich an das jeweilige Bezirksamt, den Sozialarbeiter für Altenfürsorge. Die Möglichkeit der Nachfrage bei der Ärztekammer ist ebenso gegeben. Häufig konnte ich mit Fallbeispielen vielen die Ängste vor der Zukunft nehmen und Wegweiser über entsprechende Informationen deutlich machen.Anschließend kamen noch Etliche zu mir mit ganz persönlichen Problemen und intimen Fragen. Ich war sehr berührt, nach einer relativ kurzen Zeit (ungefähr zwei Stunden) ein gutes Vertrauen aufgebaut zu haben.

DANKE an alle, die mir geholfen haben!

Sie haben etliche Jahre versucht, mich zu überzeugen, meine umfangreichen beruflichen Erlebnisse zu bündeln und aufzuschreiben. Meine Familie stärkte mir liebevoll den Rücken, die engen Freunde ebenso. Die mir nahe stehenden Kollegen und die vielen Ärzte, mit denen ich eng zusammengearbeitet habe, motivierten mich, den Schritt in die Öffentlichkeit zu tun. Der eigentliche, entscheidende Auslöser war jedoch eine Kollegin aus unserer Sozialstation - Christiane Tietz. Sie sagte: »Fangen Sie an, ich gebe Ihnen eine Hilfestellung.« Ich begann mit dem Bleistift, dann dem Kugelschreiber, später gemeinsam mit meiner Nachbarin (wir wohnen Tür an Tür), Gisela Weyhrich, am Computer. Aus diesen langen Sitzungen ist eine herzliche Freundschaft entstanden.
DANKE an alle, die bei meinen emotionalen Schilderungen über berufliche Erlebnisse immer ein offenes Ohr für mich hatten.

Inge Schlüter